全国物业管理师执业资格考试模拟试卷——

物业管理实务

全国物业管理师执业资格考试试题分析小组　编

机械工业出版社

本书是专门为广大参加全国物业管理师执业资格考试的考生而编写的,书中的六套模拟试卷体现了考试大纲的具体要求和考试教材的具体内容。

图书在版编目(CIP)数据

物业管理实务/全国物业管理师执业资格考试试题分析小组编.
—北京:机械工业出版社,2010.7
(全国物业管理师执业资格考试模拟试卷)
ISBN 978-7-111-31118-8

Ⅰ.①物… Ⅱ.①全… Ⅲ.①物业管理-资格考核-习题
Ⅳ.①F293.33-44

中国版本图书馆 CIP 数据核字(2010)第 118413 号

机械工业出版社(北京市百万庄大街 22 号 邮政编码 100037)
策划编辑:张 晶 责任编辑:肖耀祖
封面设计:张 静 责任印制:杨 曦
北京中兴印刷有限公司印刷
2010 年 7 月第 1 版第 1 次印刷
184mm×260mm・5 印张・120 千字
标准书号:ISBN 978-7-111-31118-8
定价:24.00 元

前　言

　　本套全国物业管理师执业资格考试模拟试卷是围绕"夯实基础，掌握重点，突破难点，稳步提高"的理念编写而成的。

　　模拟试卷的优势主要体现在以下几方面：

　　一、预测准。本书紧扣"考试大纲"和"考试教材"，指导考生梳理和归纳核心知识。本书不仅是对教材精华的浓缩，也是对教材的精解精练。本书可以帮助考生掌握要领、强化核心，提高学习效率，帮助考生高效地掌握考试的精要。试卷信息量大，涵盖面广，对2010年全国物业管理师执业资格考试试卷的宏观把握和总体预测都具有极强的前瞻性。

　　二、权威性。本书是作者在总结经验，开创特色的宗旨下，按照2010年全国物业管理师执业资格考试大纲，针对2010年全国物业管理师执业资格考试的最新要求精心设计，代表着2010年全国物业管理师执业资格考试的最新动态和基本方向。

　　三、时效性。编写组用前瞻性、预测性的眼光去分析考情，在书中展示了各知识点可能出现的考题形式、命题角度和分布，努力做到与考试试卷趋势"合拍"，步调一致。本书题型新颖，切合物业管理师执业资格考试实际，包含大量深受命题专家重视的新题、活题。

　　为了使本书尽早与考生见面，满足广大考生的迫切需要，参与本书策划、编写和出版的各方人员都付出了辛勤的劳动，在此一并表示感谢。

　　编写组专门为考生提供答疑网站（www.wwbedu.com），并配备了专业答疑教师为考生解决疑难问题。

　　本书在编写过程中，虽然几经斟酌和校阅，但由于作者水平所限，难免有不尽如人意之处，恳请广大读者一如既往地对我们的疏漏之处进行批评和指正。

编　者

目　　录

模拟试卷(一)

一、单项选择题(共 50 题,每题 1 分。每题的备选项中,只有 1 个最符合题意)

1. 根据《公司法》和《物业服务企业资质管理办法》的规定,物业服务企业的设立程序分为( )和资质审批两个阶段。
   A. 工商注册申请
   B. 资产评估
   C. 工商注册登记
   D. 公司章程审批

2. 招标人通过公共媒介发布招标公告,邀请所有符合投标条件的物业服务企业参加投标的招标方式,称为( )。
   A. 邀请招标
   B. 选择性招标
   C. 有限竞争性招标
   D. 公开招标

3. 下列关于物业管理招标投标基本要求的叙述,不正确的是( )。
   A. 物业管理招标投标的法律依据主要有《中华人民共和国招标投标法》、《物业管理条例》、《前期物业管理招标投标管理暂行办法》及各地方的相关法规、政策规定
   B. 在物业管理招标投标过程中,无论是招标方还是投标方都应该充分考虑市场要素
   C. 招标人在发布招标公告或投标邀请书的 10 日内必须提交与招标项目和招标活动有关的资料,向项目所在地的市级以上地方人民政府房地产行政主管部门备案
   D. 投标方应在充分把握招标投标活动的信息与动态变化的前提下,对投标项目的可行性、项目外部环境和条件等方面进行综合评估

4. 招标人或招标代理负责组建评标委员会,评标委员会由招标人的代表与物业管理专家组成,专家从房地产行政主管部门建立的物业管理评标专家库中采取随机抽取的方式确定。评标委员会的人数一般为 5 人以上且为单数,其中招标人代表以外的物业管理方面的专家人数不得少于成员总数的( )。
   A. 1/3
   B. 1/2
   C. 2/3
   D. 3/4

5. 根据招标方式的特点,物业管理投标人获取招标信息的渠道一般来自公共媒介上采集的公开招标信息和( )。
   A. 招标文件
   B. 投标文件
   C. 业主的邀请
   D. 招标方的邀请

6. 物业管理投标文件编写中应注意的问题是( )。
   A. 不可任意修改填写内容,投标人所递交的全部文件均应由投标方法人代表或委托代理人签字;若填写中有错误而不得不修改的,则应由投标方负责人在修改处签字
   B. 补充一些投标人有能力承担的优惠条件作为报价的附加
   C. 对项目运作的经营管理成本进行准确测算,确定项目运作的盈亏平衡点和利润空间,在此基础上预测标底和竞争对手的报价范围
   D. 密切关注、正确分析竞争对手的报价

7. 物业的管理方式与运作程序一般由( )、流程与支持系统的设计和管理机制的确定

等内容组成。
A. 人员配备   B. 人员培训
C. 组织架构的设置   D. 人员管理

8. 物业管理招标人需要对已发出的招标文件进行必要的澄清或者修改的,应当在招标文件要求提交投标文件截止时间至少( )日前,以书面形式通知所有的招标文件收受人。
A. 5   B. 10   C. 15   D. 20

9. 在商品交易中一方当事人以缔结合同为目的,向对方当事人所作出希望与其订立合同的意思表示称为( )。
A. 要约邀请   B. 要约
C. 反要约   D. 承诺

10. 原则上,一般的广告不是要约,即使广告中标明物品及价格,也不认为广告是要约,广告只是邀请要约。下列选项中,可作为要约的广告是( )。
A. 商场家用电器的促销广告   B. 悬赏广告
C. 政府某建设项目的招标广告   D. 企业建设项目的招标广告

11. 在商品交易中受要约人按照要约规定的时间和方式,用语言或行为对要约表示完全接受以缔结合同为目的的一种意思表示,称为( )。
A. 承诺   B. 出价
C. 出盘   D. 邀请要约

12. 在经济活动中,合同的任何一方当事人既享有权利,也承担相应义务,权利义务相对等。公平原则规范合同当事人之间的利益关系,制约对合同自由原则的滥用,要求实质的公平和( )的公平。
A. 形式   B. 程序
C. 主观   D. 客观

13. 下列关于前期物业服务合同的表述中,不正确的是( )。
A. 前期物业服务合同是指物业建设单位与物业服务企业就前期物业管理阶段双方的权利义务所达成的协议
B. 前期物业服务合同是物业服务企业被授权开展物业管理服务的依据
C. 前期物业服务合同的当事人不仅涉及到建设单位与物业服务企业,也涉及业主
D. 在业主、业主大会选聘物业服务企业之前,建设单位选聘物业服务企业的,应当订立口头的前期物业服务合同

14. 前期物业服务合同的履行受业主入住状况及房屋工程质量等各种因素的影响,合同的期限具有不确定性,当此类因素致使前期物业服务合同无法全面履行时,物业服务企业可以通过( )或要求补偿的方式规避风险。
A. 宣告合同无效   B. 宣告合同可撤销
C. 提前解除合同   D. 约定条款

15. 由业主大会制定、全体业主承诺、对全体业主具有约束力的,用以指导、规范和约束所有业主、物业使用人、业主大会和业主委员会权利义务的行为守则,称为( )。
A. 管理规约   B. 物业管理条例

C. 物业规约   D. 居住条例

16. 下列选项中,属于物业项目开发的销售阶段早期介入内容的是( )。

    A. 就物业的结构布局、功能方面提出改进建议

    B. 完成物业管理方案及实施进度表

    C. 就物业管理用房、社区活动场所等公共配套建筑、设施、场地的设置、要求等提出意见

    D. 对内外装修方式、用料及工艺等从物业管理的角度提出意见

17. 物业管理项目前期运作,要求物业管理人员到位,物业管理人员到位的内容不包括( )。

    A. 确定物业管理单项服务的分包

    B. 对各岗位人员进行强化培训,提高物业管理水平和操作技能

    C. 对现有组织机构进行优化调整,形成完善的管理组织结构

    D. 加强内部管理和磨合,形成一个良好的管理团队

18. 下列选项中,关于前期物业管理阶段经营亏损的表述,不正确的是( )。

    A. 需要投入较大人力、财力、物力等资源

    B. 管理成本相对较高

    C. 物业空置率较低,管理费收缴率高

    D. 前期物业管理阶段的经营收支一般呈现收入少、支出多、收支不平衡和亏损状态

19. 新建物业承接查验的主要内容不包括( )。

    A. 物业资料   B. 物业共用部位

    C. 共用设施设备   D. 建设单位资料

20. 通过启用设施或设备来直接检验被查验对象的安装质量和使用功能,以直观地了解其符合性、舒适性和安全性的物业查验方式称为( )检验。

    A. 观感   B. 使用

    C. 试验   D. 检查

21. 物业管理机构更迭时,管理工作应移交的财务资料不包括( )。

    A. 综合竣工验收资料   B. 固定资产清单

    C. 收支账目表   D. 债权债务移交清单

22. 物业管理机构更迭时,管理工作应移交的合同协议书是指( )。

    A. 各类值班记录

    B. 对内对外签订的合同、协议原件

    C. 设备维修记录

    D. 对内对外签订的合同、协议原件或附件

23. 《物业验收须知》的主要内容包括:物业建设基本情况、设施设备的使用说明;( );物业验收应注意事项以及其他需要提示说明的事项等。

    A. 物业具体位置

    B. 准予入住的说明

    C. 物业不同部位保修规定

    D. 业主入住时需要准备的相关文件和资料

24. 装修期是指装饰装修过程的完结时间。目前国家颁布的法规虽无明确规定,但一般情况下应不超过(   )。
    A. 2个月   B. 3个月
    C. 6个月   D. 1年

25. 物业管理应提倡的主要维修养护方式是(   )。
    A. 预防性维修   B. 事后维修
    C. 使用中维修   D. 紧急抢修

26. 以下不属于维修养护计划的编制依据的是(   )。
    A. 房屋及设施设备的修理周期与修理间隔期
    B. 房屋及设施设备的维修养护计划的制订
    C. 房屋及设施设备的技术状态
    D. 房屋及设施设备的使用要求和管理目标

27. 维修保养人员进入现场后,应在(   )个工作日内提供所保养设备的现状报告,并对存在问题提出解决方案,由有关领导确认。
    A. 3   B. 5
    C. 7   D. 10

28. 电梯按拖动方式划分,可分为直流电梯、交流电梯和(   )电梯。
    A. 单机控制   B. 乘客
    C. 液压   D. 集选控制

29. 除绿化的基本要求外,还应根据物业的不同特点和要求实施针对性管理;在学校绿化管理中,对于校园布局紧凑、人员活动较多的区域,应采用(   )管理。
    A. 自然式   B. 规划式
    C. 精品式   D. 监督式

30. 小区园林设计与公园园林设计不同之处在于其十分强调(   )。
    A. 方便   B. 实用
    C. 美观   D. 环保

31. 有关车辆管理注意事项的叙述中,错误的是(   )。
    A. 车主首次申请办理停车年卡或月卡时应提交本人身份证、驾驶证、车辆行驶证复印件,并签订停车位使用协议,建立双方车辆停放服务关系
    B. 车辆停放必须符合消防管理要求,切忌堵塞消防通道
    C. 车辆管理的交通标识及免责告示应充足明显,避免发生法律纠纷
    D. 对于电梯直接通往室内停车场车库的小区,必须做好电梯入口的安全防范监控措施,避免不法人员直接从地下车库进入楼内

32. 前期物业服务合同是具有委托性质的集体合同,由(   )代表全体业主与物业服务企业签订。
    A. 业主代表   B. 施工单位
    C. 建设单位   D. 委托单位

33. 在物业管理操作中,由于物业管理服务不到位、矛盾化解不及时、投诉处理不当和与各方沟通不及时等,均有可能导致(   )。

A. 物业管理费收缴风险

B. 物业管理的舆论风险

C. 公用事业费用代收代缴风险

D. 物业管理的外包风险

34. 物业服务企业利用物业产权人、使用人提供的商业用房,从事经营活动取得的收入,称为( )。

A. 无形资产转让收入
B. 房屋中介代销手续费收入

C. 物业管理收入
D. 商业用房经营收入

35. 有关物业服务企业成本费用的管理,叙述不正确的是( )。

A. 物业服务企业对物业管理用房进行装饰装修发生的支出,计入递延资产,在有效使用期限内,分期摊入营业成本或者管理费用中

B. 实行一级成本核算的物业服务企业,可不设间接费用,有关支出直接计入营业成本

C. 物业服务企业可以于年度终了时,按照年末应收取账款余额的 0.3%～0.5% 计提坏账准备金,计入管理费用

D. 物业服务企业经营管辖物业共用设施设备支付的有偿费用计入营业成本,支付的物业管理用房有偿使用费计入营业成本或者管理费用

36. 按照原建设部、财政部《住宅共用部位共用设施设备维修基金管理办法》(建住房[1998]213 号)的规定,在销售商品房时,购房者应当按购房款( )的比例向售房单位缴交维修资金。

A.1%～2%
B.1%～3%

C.2%～3%
D.3%～5%

37. 业主大会成立后,维修资金的使用由物业服务企业提出年度使用计划,经( )。

A. 业主大会审定后实施

B. 当地房地产行政主管部门和业主委员会审核后划拨

C. 当地房地产行政主管部门审核后划拨

D. 业主委员会审定后实施

38. 物业管理档案的分类方法中,具有保持全宗内文件在来源方面的联系,客观反映各组织机构工作活动的历史面貌,便于按一定专业查阅档案特点的分类方法,称为( )分类法。

A. 年度
B. 组织机构

C. 季度
D. 问题

39. 日常物业管理期档案的收集,除一些需跨年执行处理的文件或某些特殊载体的文件时间可延长外,一般不应超过( )。

A. 半年
B.8 个月

C.10 个月
D.1 年

40. 有关物业管理工作中产生的重要决议、决定、合同协议、通知、记录、工作计划、统计报表的保护期限为( )。

A.15 年
B. 30 年
C. 60 年
D. 无期限

41. 一级资质物业服务企业信用档案信息的采集、整理、更新及日常管理工作由（ ）负责。

    A. 中国物业管理协会   B. 住房与城乡建设部

    C. 地方物业管理行政主管部门   D. 住房与城乡建设部信息中心

42. 知识测验的目的是（ ）。

    A. 通过一系列科学方法来测量被试者智力和个性差异

    B. 了解应聘者是否掌握应聘岗位所必须具备的基础知识和专业知识

    C. 使新员工了解公司的基本情况，熟悉公司的各项规章制度，掌握基本的服务知识

    D. 对新员工在试用期内，在岗位进行的基本操作技能的培训，以使新员工了解和掌握所在岗位工作的具体要求

43. 下列选项中，不属于设备管理员知识培训的主要内容的是（ ）。

    A. 房屋附属设备的构成及分类   B. 三级保养制度

    C. 避雷设施的维护   D. 房屋装饰性设备

44. 以下属于定量考核法的主要内容的是（ ）。

    A. 上级评定   B. 群众考评

    C. 个人述职   D. 设计相应的考核指标体系

45. 在物业管理客户中，最主要的客户管理对象是（ ）。

    A. 建设单位   B. 业主

    C. 专业公司   D. 政府部门

46. 物业管理客户沟通的内容不包括（ ）。

    A. 与建设单位就早期介入、承接查验、物业移交等问题的沟通交流

    B. 与建设单位、市政公用事业单位、专业公司等单位的沟通交流，要以合同准备为核心，明确各方职责范围、权利义务，做好沟通交流工作

    C. 与市政公用事业单位、专业服务公司等相关单位和个人的业务沟通交流

    D. 与业主大会和业主委员会物业管理事务的沟通交流

47. 物业管理投诉处理的要求不包括（ ）。

    A. 要正确看待物业管理投诉，并把它转换为一种消除失误、改善管理与服务、加深与业主沟通联系的机遇

    B. 对投诉要"谁受理、谁跟进、谁回复"

    C. 接受和处理业主投诉要做详细记录，并及时总结经验

    D. 接受与处理业主的投诉，要尽可能满足业主（或物业使用人）的合理要求

48. 通报正文的主体构成不包括（ ）。

    A. 结论   B. 结语

    C. 事实与评析   D. 依据

49. 当物业管理公司要求组织内部全体人员共同遵守的道德规范与行为准则需要形成条文时，要用（ ）文书。

    A."公约"   B."制度"

    C."守则"   D."办法"

50. 当物业与不相隶属的单位之间商洽工作、询问和答复问题，向有关部门（如派出所、居

委会）、业主委员会或其他单位等联系工作时,要用( )文种。

    A.“函”   B.“通知”   C.“请示”   D.“批复”

二、多项选择题(共 20 题,每题 2 分。每题的备选项中,有 2 个或 2 个以上符合题意,至少有 1 个错项。错选,本题不得分;少选,所选的每个选项得 0.5 分)

51. 物业服务企业是依法成立、具备专门资质并具有独立企业法人地位,依据物业服务合同从事物业管理相关活动的经济实体。按照投资主体的经济成分来划分,物业服务企业可以分为( )。

    A. 物业管理有限责任公司   B. 集体所有制物业服务企业

    C. 民营物业服务企业   D. 外资物业服务企业

    E. 物业管理股份有限公司

52. 物业服务企业组织机构设置的要求是( )。

    A. 统一领导、分层管理   B. 按照规模、任务设置

    C. 分工协作   D. 精干、高效、灵活

    E. 加强专业管理的职能

53. 根据物业的不同类型,可以将物业管理招标分为( )。

    A. 整体物业管理项目招标   B. 单项服务项目招标

    C. 分阶段项目招标   D. 住宅项目招标

    E. 非住宅项目招标

54. 物业管理中,人员的管理包括:( )、量化管理及标准化运作等。

    A. 竞争机制   B. 服务意识

    C. 培训内容   D. 录用与考核

    E. 协调关系

55. 分析招标物业项目的定位要从投标物业项目的内部条件和外部环境入手,了解物业的( ),调查物业所在地域的人文环境、经济环境、政治及法律环境,具体包括物业所在地域的法规政策,政府管理,社会文化传统与风俗习惯,居民收入与消费水平,物业所在区域的位置、交通条件、商业状况、人口流动状况,同类物业的服务费用标准等。

    A. 功能定位   B. 形象定位

    C. 风险预测   D. 市场定位

    E. 资产评估

56. 合同要约的构成要件为( )。

    A. 要约必须是特定人的意思表示,必须具有订立合同的意图

    B. 要约必须由受要约人或其代理人作出

    C. 要约必须包括合同的主要内容,并且内容必须具体确定

    D. 要约必须在要约的有效时间内作出

    E. 要约必须传达到受要约人才能生效

57. 合同签订应遵循的基本原则是( )。

    A. 主体平等   B. 罪责自负

    C. 合同自由   D. 诚实信用

E. 权利义务公平对等

58. 物业服务合同可以因（　　）原因终止。
    A. 物业服务合同约定的期限届满，双方没有续签合同的
    B. 物业服务企业与业主大会双方协商一致解除合同的
    C. 因不可抗力致使物业服务合同无法履行的，物业服务合同将自然终止
    D. 物业服务企业被宣告破产，应按照国家规定进行破产清算，物业管理合同自然无法继续履行的
    E. 业主大会单方宣布解除合同的

59. 新建物业承接查验的常用记录有（　　）。
    A. 工作联络登记表　　　　　　　　B. 物业承接查验记录表
    C. 物业承接查验工作流程　　　　　D. 承接查验所发现问题的处理流程
    E. 物业工程质量问题统计表

60. 物业入住准备工作的核心是科学周密的计划。在进行周密计划和进行资料准备及其他准备工作的同时还应注意的问题是（　　）。
    A. 物业运转资金要落实到位　　　　B. 人力资源要充足
    C. 资料准备要充足　　　　　　　　D. 紧急情况要有预案
    E. 分批办理入住手续，避免因为过分集中办理产生的混乱

61. 鼠害防治的主要方法有（　　）灭鼠法。
    A. 化学　　　　　　　　　　　　　B. 诱杀
    C. 挖巢　　　　　　　　　　　　　D. 生物
    E. 器械

62. 在消防安全检查组织形式上可采取（　　）检查相结合的方法。
    A. 日常　　　　　　　　　　　　　B. 重点
    C. 全面　　　　　　　　　　　　　D. 抽样
    E. 重大活动

63. 紧急事件处理可以分为（　　）三个阶段。
    A. 事先　　　　　　　　　　　　　B. 事前
    C. 事中　　　　　　　　　　　　　D. 事后
    E. 赔偿

64. 物业服务企业利润的构成不包括（　　）。
    A. 营业成本　　　　　　　　　　　B. 营业外收支净额
    C. 投资净收益　　　　　　　　　　D. 专项维修资金
    E. 补贴收入

65. 物业服务费支出的构成包括（　　）。
    A. 物业管理区域清洁卫生费用
    B. 物业服务企业固定资产折旧及修理费
    C. 物业管理区域绿化养护费用
    D. 管理服务人员的工资、奖金和按规定提取的福利费
    E. 物业管理区域秩序维护费用

66. 物业管理常用的档案分类方法为（　　）。
    A. 季度分类法
    B. 年度分类法
    C. 组织机构分类法
    D. 问题分类法
    E. 事故分类法

67. 物业承接查验期的档案收集范围较为明确,以下属于技术资料档案的有（　　）。
    A. 新材料及构配件鉴定合格证书
    B. 质量事故处理记录
    C. 电梯使用合格证
    D. 供水管道试压报告
    E. 丈量报告

68. 下列选项中,应对当事人予以辞退的情况有（　　）。
    A. 严重违反劳动纪律或者用人单位规章制度的
    B. 严重失职、营私舞弊,但对用人单位利益未造成重大损害的
    C. 被依法追究刑事责任的
    D. 在试用期间被证明不符合录用条件的
    E. 因工受伤,正在治疗期的

69. 物业服务的沟通应根据（　　）的不同采取相应的沟通方法。
    A. 沟通的对象
    B. 沟通的目的
    C. 沟通的内容
    D. 沟通的地点
    E. 沟通的事件

70. 礼仪文书的显著特点是（　　）。
    A. 程序性
    B. 规范性
    C. 礼节性
    D. 固定性
    E. 法定性

三、案例分析题(共 2 题,每题 5 分)

(一)

2009 年 8 月,业主刘某入住某高档公寓某单元,至今没缴纳物业服务费。负责管理该公寓的物业服务企业多次追缴其所欠物业服务费,但刘某坚决不交,其主要理由是:该单元窗户关闭不严、墙皮脱落、有的墙壁插座没电,虽然多次与物业服务企业交涉,但是至今没有解决。物业服务企业的答复是:这些都是开发商遗留下来的问题,让业主刘某直接找开发商联系解决。

请分析后回答以下问题:

1. 物业服务企业这样回答对吗? 如果不对,物业服务企业应该怎样处理开发商遗留下来的这些问题?

2. 针对业主刘某拒交物业服务费的行为,物业服务企业应该怎么办?

(二)

2009 年 8 月的一天深夜,王某回到光新路某小区 4 号居民楼,搭乘电梯回家。谁料电梯刚运行到一半,就突然失控下坠,载着王某一直坠落到电梯井井底,王某当场昏迷。2 小时后,王某被人发现并送入医院救治,由于出现了头痛发晕、呕吐鲜血的症状,医院诊断其为应急性胃溃疡合并出血。伤愈后,王某随即向负责电梯运行管理的普陀大楼物业公司索赔,要求其支

付医疗费、营养费、精神损失费等共计 1.3 万余元。

庭审中,物业公司辩称王某的胃出血与电梯坠落无直接的因果关系,所以不同意承担相应的赔偿。法院遂委托市高院对王某的伤情进行了鉴定,结论为王某全身多发性软组织挫伤并出现急性胃溃疡合并出血。法院据此认为,王某在电梯坠落后出现上述伤情,两者之间存在因果关系,物业公司理应承担王某由此造成的经济损失。

近日,法院一审判决普陀大楼物业公司赔偿王某医疗费、营养费、误工费等 6800 余元。但法院认为该案不存在精神损失,所以对王某提出的 5000 元精神损失索赔诉请未予支持。

请分析后回答以下问题:

说说你对此事的看法。

参考答案

一、单项选择题

1. C	2. D	3. C	4. C	5. D
6. A	7. C	8. C	9. B	10. B
11. A	12. A	13. D	14. C	15. A
16. B	17. A	18. C	19. D	20. B
21. A	22. B	23. C	24. B	25. A
26. B	27. B	28. C	29. C	30. B
31. A	32. C	33. B	34. D	35. B
36. C	37. A	38. B	39. D	40. D
41. A	42. B	43. C	44. D	45. B
46. B	47. A	48. D	49. C	50. A

二、多项选择题

51. BCD	52. ABCD	53. DE	54. ABDE	55. ABD
56. ACE	57. ACDE	58. ABCD	59. ABE	60. BCDE
61. ADE	62. ABCD	63. ACD	64. AD	65. ACE
66. BCD	67. ABD	68. ACD	69. ABCD	70. BC

三、案例分析题

(一)

1. 物业服务企业回答的不对。

处理该问题的正确做法:

(1)向客户解释清楚遗留问题的形成和责任承担者等。

(2)向客户介绍以前解决遗留问题的进展和物业服务企业所做的工作等。

(3)处理开发商遗留问题的几种方式:

1)代表客户督促开发商尽快解决其遗留的工程问题。

2)协助客户同开发商洽商解决其遗留的工程问题。

3)协同开发商尽快解决其遗留的工程问题。如物业服务企业接受开发商委托,解决其遗留的工程问题等。

2. 对业主拒交物业服务费问题的解决办法:

（1）确定其未按期缴费的原因是否属于有履行合同缴费义务的能力却拒绝缴费的情况。

（2）派专人与其进行沟通和协商，进一步了解拒绝缴费的原因，通过解释取得客户对物业服务收费的理解和配合。

（3）按照法律法规、管理规约和物业服务合同的规定，进行催交。

（4）如果仍不能解决，物业服务企业可单方面停止服务，解除合同。

（5）在正式向法院提起起诉之前，可以向有管辖权的人民法院申请支付令，即根据法律提起督促程序。

（6）欠费业主在收到支付令后一定期限内既不提出书面异议又不履行支付令的，物业服务企业可以向人民法院申请执行。

（7）支付令自行失效后，物业服务企业可提起诉讼。

（二）

解决该问题的关键：电梯是由谁来负责，是电梯公司？还是物业服务公司？首先要看电梯的质量问题。如果在电梯公司保修期内电梯出现了质量问题，理所当然由电梯公司赔偿。如果在保修期外，电梯超过了保修期，而物业服务公司又没通知业主更换，当然由物业服务公司承担。物业服务公司只是保障电梯能够正常运行，进行日常维护，给业主提供一个舒适的环境。至于质量安全问题由电梯公司承担。不能说电梯坠落是造成王某受伤的直接原因，就应该由物业服务公司承担。

模拟试卷(二)

一、单项选择题(共 50 题,每题 1 分。每题的备选项中,只有 1 个最符合题意)

1. 下列选项中,可以由设区的市级人民政府房地产主管部门负责物业服务企业资质的颁发和管理的是( )。

   A. 注册资本为 500 万元人民币以上的物业服务企业

   B. 注册资本为 300 万元人民币以上的物业服务企业

   C. 注册资本为 50 万元人民币以上的物业服务企业

   D. 管理两种以上物业并且管理的办公楼、工业厂房及其他物业大于 20 万 m^2 的物业服务企业

2. 物业服务企业应以其( )作为公司的地址。

   A. 分支机构所在地
   B. 法定代表居住地
   C. 公司成立地
   D. 主要的办事机构所在地

3. 有关物业管理招标条件的表述中,错误的是( )。

   A. 招标人不得委托招标代理机构办理招标

   B. 有能力组织和实施招标活动的招标人,可以委托招标代理机构办理招标事宜

   C. 招标代理机构与招标人之间仅限于委托代理的关系

   D. 有能力组织和实施招标活动的招标人,可以自行组织实施招标活动

4. 在物业管理招标中,有关中标及签订合同的叙述不正确的是( )。

   A. 招标人应当在投标有效期截止时限 30 日前确定中标人

   B. 投标有效期应当在招标文件中载明

   C. 招标人应当向中标人发出中标通知书,同时将中标结果通知所有未中标的投标人,并返还其投标书

   D. 招标人应当自确定中标人之日起 30 日内,向物业项目所在地的县级以上地方人民政府房地产行政主管部门备案

5. 物业管理投标中,项目评估一般分为两个阶段,即初选阶段、准备阶段和实施阶段。初选阶段的评估主要是( )。

   A. 对投标物业进行经济论证,并在此基础上确定最佳投标策略和管理方案

   B. 在调查、研究资料的基础上对项目进行分析、预测和评定,目的是确定是否参与投标

   C. 对投标物业进行技术论证,并在此基础上确定最佳投标策略和管理方案

   D. 对投标物业进行深入地调查并提出最佳投标方案

6. 在投标过程中,投标人采取的报价技巧主要是多方案报价和( )报价。

   A. 单一
   B. 保本
   C. 合伙
   D. 最低

7. 管理指标通常由物业管理( )指标和经济效益指标两部分组成,在招标文件中一般都有具体的要求,在物业管理方案中要对招标人提出的各项管理指标进行明确的响应。

A. 质量　　　　　　　　　　　　　　B. 绩效

C. 环境　　　　　　　　　　　　　　D. 技术

8. 物业管理招标时,招标人应当在投标有效期截止时限(　　)日前确定中标人。

A. 10　　　　　　　　　　　　　　　B. 15

C. 20　　　　　　　　　　　　　　　D. 30

9. 要约人在要约中提出合同的基本条件,并表明愿意以此条件订立合同。如果受要约人认为要约中有些内容不能接受,并提出修改建议,称为(　　)。

A. 要约邀请　　　　　　　　　　　　B. 承诺

C. 反要约　　　　　　　　　　　　　D. 发价

10. 有关承诺构成要件的叙述,不正确的是(　　)。

A. 承诺须由受要约人或其代理人作出

B. 承诺可以在要约发出后的任意时间作出

C. 承诺与要约的内容应保持一致

D. 承诺须传达给要约人

11. 口头合同的优点是(　　)。

A. 可以强化双方当事人的责任心

B. 可以敦促双方严肃认真全面履行合同义务

C. 发生纠纷方便取证

D. 简便易行

12. 合同签订应遵循的基本原则不包括(　　)。

A. 诚实信用原则　　　　　　　　　　B. 利益优先原则

C. 权利义务公平对等原则　　　　　　D. 合同自由原则

13. 为了避免在业主大会选聘物业服务企业之前出现物业管理的真空,明确前期物业管理服务的责任主体,规范前期物业管理活动,《物业管理条例》明确规定,前期物业管理服务由(　　)选聘物业服务企业。

A. 监理单位　　　　　　　　　　　　B. 设计单位

C. 建设单位　　　　　　　　　　　　D. 居委会

14. 一般情况下,产权多元化的物业管理区域是由(　　)在业主大会的授权下作为合同主体与物业服务企业签订物业服务合同。

A. 业主委员会　　　　　　　　　　　B. 建设单位

C. 房地产开发商　　　　　　　　　　D. 居民委员会

15. 早期介入在项目的开发建设中有着积极的作用,其与前期物业管理是不同的,主要表现在内容作用和(　　)的不同。

A. 服务质量　　　　　　　　　　　　B. 服务费用

C. 服务方式　　　　　　　　　　　　D. 服务对象

16. 在物业开发项目的建设阶段,早期介入的方法和要点是(　　)。

A. 选用知识面广、综合素质高、策划能力强的管理人员承担项目管理工作

B. 物业服务企业不是建设监理单位,要注意介入的方式方法,既要对质量持认真的态度,又不能影响正常的施工、监理工作

C. 参与有关规划设计的讨论会,并从使用、维护、管理、经营以及未来功能的调整和物业保值、增值等角度,对设计方案提出意见或建议

D. 对于分期开发的物业项目,对共用配套设施设备和环境等方面的配置在各期之间的过渡性安排提供协调意见

17. 前期物业管理最明显的特点是(　　)。

A. 前期物业管理在时间上和管理上均是一个过渡时期和过程

B. 新建物业及其设施设备往往会因其施工质量隐患、安装调试缺陷、设计配套不完善等问题在投入使用的初期集中反映出来

C. 前期物业管理的特定内容是以后常规期物业管理的基础,对常规期物业管理有着直接和重要的影响

D. 前期物业管理阶段的经营收支一般呈现收入少、支出多、收支不平衡和亏损状态

18. 由于物业及设施设备需要经过一个自然磨合期和对遗留问题的处理过程,才能逐步进入平稳的正常运行状态,因此,此阶段的物业管理也明显呈现管理服务的(　　)状态。

A. 不稳定　　　　　　　　　　　　　　B. 平稳

C. 正常运行　　　　　　　　　　　　　D. 可变

19. 在正式开展物业承接查验工作之前,应根据实际情况做好资料准备工作,制定查验工作流程和(　　)。

A. 固定资产清单　　　　　　　　　　　B. 收支账目表

C. 装修申请表　　　　　　　　　　　　D. 记录表格

20. 在物业查验过程中通过运用仪器、仪表、工具等对检测对象进行测量,以检测其是否符合质量要求的方式,称为(　　)查验。

A. 观感　　　　　　B. 检测　　　　　　C. 试验　　　　　　D. 使用

21. 物业管理机构更迭时,管理工作应移交的业主资料不包括(　　)。

A. 入住通知书　　　　　　　　　　　　B. 装修申请表

C. 施工设计资料　　　　　　　　　　　D. 装修图样

22. 物业管理机构更迭时,管理工作应移交的管理资料是(　　)。

A. 各类值班记录　　　　　　　　　　　B. 装修验收表

C. 装修图样　　　　　　　　　　　　　D. 物业费收缴明细表

23. 业主入住房屋验收表的主要内容包括:物业名称、楼号;业主、验收人、建设单位代表姓名;验收情况简要描述;(　　);验收时间等。

A. 欢迎辞　　　　　　　　　　　　　　B. 建设单位和业主的签字确认

C.《临时管理规约》　　　　　　　　　　D. 公共及康乐设施介绍

24. 为保障入住工作有秩序地顺利进行,入住现场应设迎宾、(　　)、引导、办事、财务等各类人员,以方便业主的不同需要,保障现场秩序,解决各类问题。

A. 咨询　　　　　　B. 武警　　　　　　C. 医生　　　　　　D. 律师

25. 物业的供电种类按供电方式的不同,可分为(　　)。

A. 无自备电源供电和有自备电源供电

B. 单回路供电和多回路供电

C. 高压供电和低压供电

D. 长期供电和临时供电

26. 共用设施设备外包管理合同实施应注意的问题是（　　）。

A. 在签订合同时要注意保证签约主体与实施主体一致

B. 定期对承包方基本情况全面更新，以及时掌握承包方的企业状况，适时采取对策，确保承包方有能力持续履行服务合同

C. 在合同中应明确因设施设备故障、事故造成的人员、财产等损失，明确在出现情况时的责任方，以免在出现问题时产生纠纷

D. 委托方应尽量保留受托方在服务过程中的有关质量记录文件，既便于监督服务过程，也便于掌握设施设备状况，保证设施设备历史资料的完整性

27. 维修保养人员接到运行人员通知后，应在（　　）小时内解决一般故障。

A. 1　　　　　　　　　　　　　　　B. 2

C. 3　　　　　　　　　　　　　　　D. 4

28. 为了降低故障率或防止房屋及设施设备性能劣化，按事先规定的修理计划和技术要求进行的维修活动，称为（　　）。

A. 定期维修　　　　　　　　　　　B. 事后维修

C. 预防性维修　　　　　　　　　　D. 紧急抢修

29. 如发现白蚁又未能确定蚁巢地点，或者知道蚁巢地点又不能将其挖出时，可采用（　　）来治灭白蚁。

A. 药杀法　　　　　　　　　　　　B. 诱杀法

C. 挖巢法　　　　　　　　　　　　D. 生物防治法

30. 在车辆出入管理中，对于外来的车辆应采用发（　　）的方式进行管理。

A. 临时卡　　　　　　　　　　　　B. 通行卡

C. 月卡　　　　　　　　　　　　　D. 年卡

31. 以下不属于消防安全检查的基本程序是（　　）。

A. 对检查出的消防问题在规定时间内进行整改，对不及时整改的应予以严肃处理。对问题严重或不能及时处理的应上报有关部门

B. 确定被检查的部位和主要检查内容得到检查

C. 对重点设施设备和机房进行深层次的检查，发现问题立即整改

D. 确定被检查的部位和主要检查内容得到检查

32. 在紧急事件发生后应由（　　）做好统一的现场指挥，安排调度，以免出现"多头领导"，造成混乱。

A. 一名监理人员　　　　　　　　　B. 一名技术人员

C. 一名负责人员　　　　　　　　　D. 一名管理人员

33. 前期物业管理的风险有许多方面，但最主要的是（　　）。

A. 项目接管的不确定性带来的风险

B. 合同风险

C. 物业管理日常运作过程中存在的风险

D. 合同执行的风险

34. 通过房屋出租收入和经营停车场、游泳池、各类球场等共用设施所取得的收入,称为( )收入。
    A. 商业用房经营
    B. 物业管理
    C. 物业经营
    D. 无形资产转让

35. 物业服务企业应本着( )原则,主动接受业主监督,保证服务质量并不断改进。
    A. 诚信
    B. 公正
    C. 诚信公平
    D. 自愿公平

36. 对物业服务费用包干制的叙述中,不正确的是( )。
    A. 在包干制下,物业服务企业作为一个独立的企业法人,自主经营、自负盈亏、风险自担、结余归己
    B. 以包干制方式约定的物业服务费用,对业主而言物业服务费是不固定的,会因市场波动、物业管理项目运作情况而发生变化
    C. 以包干制方式约定的物业服务费用,对物业服务企业而言,物业项目管理服务的利润不是固定的,企业可以不断挖掘管理潜力,通过科学的管理运营实现服务质量和经营效益的同步增长,既保障业主利益又促进企业发展
    D. 物业服务费用包干制是指由业主向物业服务企业支付固定物业服务费用,盈余或者亏损均由物业服务企业享有或者承担的物业服务计费方式

37. 以下不属于确定服务费成本构成的注意事项的是( )。
    A. 全面,不要漏项
    B. 要求详细,把具体消耗或支出费用分解得更具体
    C. 测算依据准确,不用或少用估值
    D. 服务费的核算要做到合理、准确

38. 物业管理档案的分类方法中,能较好地保持文件在内容方面的联系,使内容相同或相近的文件集中在一起,既能较突出地反映立档单位主要工作活动的面貌,又便于按专业系统全面地查阅利用档案特点的分类方法,称为( )分类法。
    A. 事由
    B. 季度
    C. 年度
    D. 组织机构

39. 物业承接查验期的档案收集范围较为明确,主要是权属资料档案、技术资料档案和验收文件档案,档案收集的索取对象较单一,主要是指( )。
    A. 施工单位
    B. 监理单位
    C. 建设单位
    D. 档案管理部门

40. 房屋共用部分和共用设施设备的检测、检修与运行记录档案,在分析房屋主体安全、设备运行状况和事故分析中有时起着十分关键性的作用,因此这类档案的真实性和保存期限应有明确规定,一般不能低于设备的使用年限的( )倍。
    A. 1
    B. 2
    C. 3
    D. 4

41. 物业服务企业信用档案系统建设的技术支持和系统运行与维护管理工作是由( )负责。
    A. 地方物业管理行政主管部门
    B. 中国物业管理协会

C. 住房与城乡建设部　　　　　　　　D. 住房与城乡建设部信息中心

42. 下列选项中,不属于筛选申请表的方法是( )。

    A. 分析简历结构　　　　　　　　　　B. 关注与职业相关的问题

    C. 判断应聘者的态度　　　　　　　　D. 注明可疑之处

43. 物业服务企业培训常用的方法中,具有系统性、连贯性的特点是( )。

    A. 现场教学法　　　　　　　　　　　B. 课堂教学法

    C. 师徒式培训法　　　　　　　　　　D. 远程培训法

44. 管理者对员工的惩罚形式不包括( )。

    A. 扣罚奖金　　　　　　　　　　　　B. 免除职务

    C. 给予辞职　　　　　　　　　　　　D. 岗位调整

45. 客户满意度调查过程的最重要步骤是( )。

    A. 调查　　　　　　　　　　　　　　B. 报告反馈

    C. 客户满意过程再评估　　　　　　　D. 实施战略行动计划

46. 下列选项中,不属于基本的答问格式是( )。

    A. 自主答卷式　　　　　　　　　　　B. 面谈问答式

    C. 提问答卷式　　　　　　　　　　　D. 计算机答卷式

47. 对各种投诉、遭遇或不幸的倾诉,首先要设身处地从业主的角度考虑,适当表示理解或同情,这体现了物业管理投诉处理方法中( )的方法。

    A. 真诚对待,冷静处理　　　　　　　B. 耐心倾听,不与争辩

    C. 及时处理,注重质量　　　　　　　D. 总结经验,改善服务

48. 公司董事会对年度经济指标的下达、对总经理的任命等事项,都要用( )。

    A. "批复"　　　　　　　　　　　　　B. "通报"

    C. "决定"　　　　　　　　　　　　　D. "会议纪要"

49. 以下属于组成公文式标题的最基本要素的是( )。

    A. 性质　　　　　　　　　　　　　　B. 内容

    C. 时间　　　　　　　　　　　　　　D. 区域

50. 当物业管理公司为了保证某项工作有序进行,需要有关人员共同遵守办事规程时,要用( )文书。

    A. "办法"　　　　　　B. "守则"　　　　　　C. "公约"　　　　　　D. "制度"

二、**多项选择题**(共20题,每题2分。每题的备选项中,有2个或2个以上符合题意,至少有1个错项。错选,本题不得分;少选,所选的每个选项得0.5分)

51. 按股东出资形式来划分,物业服务企业可分为( )。

    A. 物业管理有限责任公司　　　　　　B. 物业管理股份有限公司

    C. 股份合作型物业服务企业　　　　　D. 房地产建设单位的附属子公司或部门

    E. 物业管理集团公司

52. 物业服务企业的特征包括( )。

    A. 多为全民所有制物业服务企业　　　B. 以盈利为目的

    C. 是独立的企业法人　　　　　　　　D. 具有一定的公共管理性质的职能

E. 属于服务性企业

53. 根据物业管理招标主体的不同,可以将物业管理招标分为(   )。
    A. 物业建设单位为主体的招标
    B. 业主大会(或单一业主)为主体的招标
    C. 全权管理项目的招标
    D. 监理单位为主体的招标
    E. 物业产权人为主体的招标

54. 在物业管理招标投标过程中,招标投标双方应该严格按照招标投标的程序要求和相关法律规范实施招标投标活动,实事求是、守信践诺,准确履行招标投标义务,具体表现在(   )。
    A. 招标人不得自行组织招标
    B. 招标人不得事先预定中标单位或设定不公平条件,不得在招标过程中以言行影响评标委员会或协助某一投标单位获得竞争优势
    C. 招标人不得违反规定拒绝与中标人签订合同
    D. 投标人不得与招标人或其他投标人串通投标,损害国家利益、社会公共利益或者他人的合法权益
    E. 投标人不得向招标人或者评标委员会成员行贿或以其他不正当手段谋取中标

55. 物业管理招标的程序包括成立招标领导小组、编制招标文件、(   )、发放招标文件等。
    A. 接受投标文件   B. 开标、评标和中标
    C. 投标申请人的资格预审   D. 公布招标公告或发出投标邀请书
    E. 准备投标文件

56. 下列选项中,有关合同要约与邀请要约的表述中,正确的是(   )。
    A. 如广告中标明具体物品及价格的,认为广告是要约
    B. 拍卖过程中出价人每次竞买的出价均为承诺
    C. 往往在拍卖过程中,拍卖广告上的有些物品,可能会被撤销拍卖,因为拍卖广告并非要约
    D. 任何商店或超级市场上商品的标价陈列,都仅仅是邀请要约,当顾客交钱购物,店员接受时,合同才成立
    E. 招标是邀请要约,投标则是要约,招标人接受投标确定中标是承诺

57. 《中华人民共和国合同法》规定了要约人不得撤销要约的情形是(   )。
    A. 要约人确定了承诺期限
    B. 要约人没有确定承诺期限
    C. 因受要约人的故意使要约人撤销要约的通知无法到达受要约人的
    D. 要约人以某种形式明示要约不可撤销
    E. 受要约人有理由认为要约是不可撤销的,并已经为履行合同做了准备工作

58. 在物业管理实践中,往往在业主入住之前就已经成立了物业管理项目机构,配备了相应的物业服务企业人员,设置了办公场所和进行了物资配备,但是,上述工作一般带有临时性和不确定性。因此,在前期物业管理的过程中,需要不断进行调整,具体内

容包括（　　）。

 A. 管理用房到位   B. 物资配备到位

 C. 物业管理人员到位   D. 资金落实到位

 E. 档案管理到位

59. 发生物业工程质量问题的原因主要有（　　）。

 A. 个别监理人员好逸恶劳，不负责

 B. 施工单位不按规范施工或施工工艺不合理甚至偷工减料

 C. 验收检查不细、把关不严

 D. 建材质量不合格

 E. 设计方案不合理或违反规范造成的设计缺陷

60. 物业装饰装修管理包括（　　）、验收等环节。

 A. 装饰装修申报   B. 登记审核

 C. 入场手续办理   D. 装饰装修过程监督检查

 E. 领取房屋钥匙

61. 清洁工作日常管理由（　　）组成。

 A. 日检   B. 周检   C. 月检   D. 年检

 E. 专项抽检

62. 公共秩序管理服务的内容表现在（　　）方面。

 A. 施工现场管理   B. 动火安全管理

 C. 公共安全防范管理服务   D. 消防管理服务

 E. 车辆停放管理服务

63. 对处理紧急事件的要求，以下叙述不正确的有（　　）。

 A. 处理紧急事件应以不造成新的损失为前提，不能因急于处理，而不顾后果，造成更大损失

 B. 在发生紧急事件时，企业应尽可能努力控制事态的恶化和蔓延，把因事件造成的损失减少到最低限度，在最短的时间内恢复正常

 C. 在发生紧急事件时，管理人员不能以消极、推脱甚至是回避的态度来对待，应主动出击，直面矛盾，及时处理

 D. 面对突如其来的、不可预见的紧急关头或困境，必须立即采取行动以避免造成灾难和扩大损失

 E. 紧急事件处理小组应由企业的高层决策者、公关部门、质量管理部门、技术部门领导及法律顾问等共同参加

64. 物业服务企业的营业成本包括（　　）等。

 A. 直接人工费   B. 补贴收入

 C. 专项维修资金   D. 间接费用

 E. 直接材料费

65. 对专项维修资金的管理，叙述正确的有（　　）。

 A. 专项维修资金应当在银行专户存储，专款专用

 B. 由于其所有权及使用的特殊性，房地产主管部门或其指定机构、开发企业以及物

业管理单位代收的专项维修资金计征营业税

  C. 在业主大会成立前,专项维修资金的使用由售房单位委托的管理单位提出使用计划,经房地产行政主管部门审核后划拨

  D. 在物业服务企业发生更迭时,代管的维修资金账目经业主大会审核无误后,应当办理账户转移手续

  E. 在业主转让房屋所有权时,结余维修资金不予退还,随房屋所有权同时过户

66. 物业承接查验期,物业管理档案收集的特点包括(　　)。

  A. 收集期间较集中,一般集中在物业承接查验阶段,并与承接查验同步进行

  B. 物业承接查验期的档案收集内容主要是被承接查验物业及其附属设施设备的权属、技术和验收文件,一般称为物业基础资料档案

  C. 档案收集的技术要求高,涉及面广,对物业管理公司的技术力量是一个重要的考验

  D. 档案收集的索取对象较单一,主要是建设单位

  E. 如收集处理不全或遗漏,会对今后的物业管理工作造成长远的影响

67. 住房与城乡建设部对物业服务企业信用档案系统建设的要求是(　　)。

  A. 统一系统数据平台,保证信息传递畅通、资源共享

  B. 以物业管理电子政务系统、物业管理行业协会自律管理系统和企业经营管理系统为基础,形成覆盖物业管理行业所有企业及执(从)业人员的信用档案系统

  C. 各级物业管理主管部门要提高认识,加强领导,积极组织、指导和推动物业服务企业信用档案系统的建设工作

  D. 统一系统数据平台,保证信息传递畅通、资源共享

  E. 扩大物业服务企业信用档案的覆盖面

68. 物业服务企业培训体系包括(　　)。

  A. 一级培训体系   B. 入职培训

  C. 操作层员工的知识和能力培训 D. 外派培训

  E. 二级培训体系

69. 物业管理投诉处理的方法包括(　　)。

  A. 详细记录,确认投诉   B. 真诚对待,冷静处理

  C. 耐心倾听,不与争辩   D. 及时处理,注重效率

  E. 总结经验,加强管理

70. 事务文书主要包括(　　)。

  A. 计划   B. 总结

  C. 大事记   D. 会议纪要

  E. 倡议书

三、案例分析题(共2题,每题5分)

(一)

  大成物业服务企业接到了某大厦的物业服务投标邀请函。该大厦是一座大型智能化综合写字楼,建筑面积为$11m^2$,配套设施设备完善。被邀请的几家物业服务企业实力都很强,竞争激烈。大成物业服务企业总经理对这次投标工作非常重视,亲自动笔独立完成了物业服务投

标书的编写工作,并带队参加了现场答辩。结果大成物业服务企业并未中标,原因之一是评委们认为该公司拟定的物业服务方案存在一些专业方面的缺陷。

请分析后回答以下问题:

1. 大成物业服务企业在编写该大厦物业服务方案时,应怎样避免专业方面的缺陷?
2. 如果你是大成物业服务企业的总经理,你将怎样组织参加这次投标活动?

(二)

一业主到房地产开发公司办理入住手续,业主直接找到物业服务企业的经理自我介绍说:"我接到入住通知书已经半年多了,由于工作忙,一直没来办理手续,今天特抽空来办理"。

工作人员说:"没关系,我们一切为用户服务,不论拖多长时间,我们都一样办理"。工作人员说:"您的材料是否都带齐了"?业主拿出买房合同、入住手续书及付款收据。工作人员说:"可以了"。业主问:"你们公司的收费标准有批文吗"?工作人员说:"有,你看,这是房地产开发公司的批文"。业主说:"我最近资金比较紧张,维修基金这一部分我能不能缓交,等到发生大修时,我一定补齐"。经理说:"可以,不过您必须写一个保证"。业主问:"装修是否要办理手续"?工作人员说:"只要您不破坏承重墙,就不用办理任何手续了"。业主问:"装修前是否要交一些费用"?工作人员说:"您自己找人装修就不用交任何费用了"。业主又问:"我是否可以一次缴纳 10 年的管理费"?工作人员说:"那太好了,都像您这样我们的服务就有保障了"。办完手续保安部派人来送钥匙。业主接过钥匙说:"行了,还要办理什么手续吗"?工作人员说:"没有了,您装修完就可以入住了,欢迎您成为我们的新业主"。

请分析后回答以下问题:

指出并改正本案例中存在的错误与不妥之处。

参考答案

一、单项选择题

1. C	2. D	3. A	4. D	5. B
6. B	7. A	8. D	9. C	10. B
11. D	12. B	13. C	14. A	15. D
16. B	17. C	18. A	19. D	20. B
21. C	22. A	23. B	24. A	25. C
26. B	27. D	28. C	29. B	30. A
31. C	32. D	33. B	34. C	35. C
36. B	37. D	38. A	39. C	40. B
41. D	42. A	43. B	44. C	45. B
46. C	47. A	48. C	49. B	50. D

二、多项选择题

51. ABC	52. CDE	53. ABE	54. BCDE	55. ABCD
56. CDE	57. ADE	58. ABC	59. BCDE	60. ABCD
61. ACE	62. CDE	63. ABC	64. ADE	65. ADE
66. ACE	67. ACDE	68. AE	69. ABC	70. ABCE

三、案例分析题

（一）

1. 在编写物业服务方案时,避免专业方面缺陷的基本措施:

(1)应该组织相关专业人员共同研讨、分析投标项目的具体情况、管理服务的范围、类型、档次、标准、特点、难点和要求等内容,并共同编写物业服务方案,而不是由企业总经理一个人独立动笔完成方案的编写。

(2)为了保证物业服务方案的专业性和可行性,物业服务方案中应介绍清楚物业服务企业将在各管理阶段提供的物业服务模式、服务特色、服务承诺、服务内容、服务形式、服务方法、服务质量目标、服务保障措施、服务物资装备、服务工作量、服务费用等。

(3)采取一些提高本企业技术、管理人员的专业能力与管理水平等其他有效措施。

2. 组织投标活动的基本工作:

(1)成立相关专业人员参加投标的工作小组。

（2）解读招标文件。

（3）考察物业现场。

（4）进行投标可行性分析。

（5）按照招标文件的要求编写投标文件。

（6）投标文件编制好以后，应当在招标文件要求提交投标文件的截止时间前，将投标文件密封送达投标地点。

（7）参加现场答辩。

（二）

（1）错误之处：业主办理入住手续直接找经理。

正确做法：应有专人负责办理入住手续。

（2）错误之处：业主办理入住手续的时间。

正确做法：业主应在接到入住通知书3个月内办理。

（3）错误之处：业主办理入住手续不齐。

正确做法：应验证业主本人的身份证原件。

（4）错误之处：收费标准的批准机关。

正确做法：收费标准应由物价部门批准。

（5）错误之处：维修基金可以缓交。

正确做法：国家明文规定，业主入住时应缴清公共维修基金。

（6）错误之处：装修不办理手续。

正确做法：业主在装修前应向物业服务企业提出申请。

（7）错误之处：装修前业主不交任何费用。

正确做法：业主在装修前必须交装修押金，装修完按规定退回。

（8）错误之处：业主一次缴纳10年的管理费。

正确做法：国家规定，制止一次性收取多年的物业服务费。

（9）错误之处：保安部派人来送钥匙。

正确做法：应由管理处工作人员把钥匙交给业主。

（10）错误之处：业主拿到钥匙没办理手续。

正确做法：业主应在收楼验收后，双方签字盖章方可交钥匙。

模拟试卷(三)

一、单项选择题(共 50 题,每题 1 分。每题的备选项中,只有 1 个最符合题意)

1. 下列有关物业服务企业的资质条件的表述中,符合二级资质条件的是( )。

    A. 注册资本为 500 万元人民币以上

    B. 物业管理专业人员以及工程、管理、经济等相关专业类的专职管理和技术人员不少于 20 人

    C. 物业管理专业人员以及工程、管理、经济等相关专业类的专职管理和技术人员不少于 30 人

    D. 具有中级以上职称的人员不少于 20 人,工程、财务等业务负责人应具有相应专业中级以上职称

2. 新设立的物业服务企业在领取营业执照之日起( )内,持营业执照、企业章程、验资证明、企业法定代表人的身份证明、物业管理专业人员的职业资格证书和劳动合同,管理和技术人员的职称证书和劳动合同等资料向当地的房地产主管部门申请资质。

    A. 15 天

    B. 30 天

    C. 60 天

    D. 三个月

3. 根据物业管理服务的方式不同,物业管理招标可以分为全权管理项目招标和( )招标。

    A. 物业产权人为主体的

    B. 单项服务项目

    C. 分阶段项目

    D. 顾问项目

4. 投标人在分析招标物业项目的基本情况时,主要是从物业的性质、类型入手,着重了解物业的建筑面积和投资规模、( )、建筑设计规划、配套设施设备等具体情况。

    A. 业主的需求

    B. 使用周期

    C. 竞争对手对招标项目是否具有绝对优势

    D. 竞争对手可能采取的投标策略

5. 投标文件又称标书,一般由投标函、投标报价表、资格证明文件、( )、招标文件要求提供的其他材料等组成。

    A. 投标方案

    B. 操作方案

    C. 物业管理方案

    D. 答疑文件

6. 下列关于制订物业管理方案要求的叙述中,不正确的是( )。

    A. 物业管理方案的内容、格式、投标报价必须响应并符合招标文件(包括答疑文件)中对物业管理服务需求的规定,不能有缺项或漏项

    B. 方案的各项具体实施内容必须是根据招标物业的基本情况和特点制订;整体方案可直接制订,避免调研、评估影响进程

    C. 方案中对招标文件要求作出的实质性响应内容必须是投标企业能够履行的,包括各项服务承诺、工作目标及计划、具体项目的实施方案等

D. 制订物业管理服务费用价格必须合理,具体实施内容应该在满足招标方(或业主)需求的基础上制订设计科学、运行经济的方案

7. 有关物业档案资料的建立与管理的表述中,正确的是(　　)。
A. 档案资料应采取系统、科学的方法进行收集、分类、储存和利用
B. 分类应严格按照住房与城乡建设部《关于修订全国物业管理示范大厦及有关考评验收工作的通知》的标准执行
C. 档案资料的体系内容可以用表格的形式进行阐述,具体的管理可以采用流程图与文字表述相结合的方式
D. 对于政府类型的物业,在档案资料的管理方案中应重点突出综合性的管理措施

8. 下列对物业管理招投标的中标及签订合同阶段进行的叙述中,不正确的是(　　)。
A. 招标人应当自确定中标人之日起 30 日内,向物业项目所在地的县级以上地方人民政府房地产行政主管部门备案
B. 招标人无正当理由不与中标人签订合同,给中标人造成损失的,招标人应当给予赔偿
C. 按照招标文件和中标人的投标文件订立书面合同后,招标人和中标人不得再行订立背离合同实质性内容的其他协议
D. 招标人和中标人应当自中标通知书发出之日起 30 日内,按照招标文件和中标人的投标文件订立书面合同

9. 下列选项中,有关合同要约的表述,不正确的是(　　)。
A. 要约在商品交易中又称为发盘
B. 要约指一方当事人以缔结合同为目的,向对方当事人所作出希望与其订立合同的意思表示
C. 发出要约的一方称为受要约人
D. 要约就是订立合同的意思表示

10. 下列选项中,属于合同承诺的是(　　)。
A. 拍卖过程中出价人每次竞买出价后,拍卖师击槌的行为
B. 当顾客根据广告、货物清单或商品陈列的价目表上的价格提出订单时,这个订单的提出行为
C. 任何商店或超级市场上商品的标价陈列
D. 标明具体物品及价格的广告

11. 当事人依法享有自愿订立合同的权利,任何单位和个人不得非法干预,体现了合同签订的(　　)原则。
A. 主体平等　　　　　　　　　　　　B. 合同自由
C. 权利义务公平对等　　　　　　　　D. 诚实信用

12. 当事人通过实施某种具体行为方式进行意思表示所达成的协议,称为(　　)。
A. 书面合同　　　　B. 口头合同　　　　C. 缔结合同　　　　D. 事实合同

13. 前期物业服务合同主要内容中的物业基本情况包括:物业名称、物业类型、坐落位置、(　　)等内容。
A. 物业的固定资产评估　　　　　　　B. 交通便利状况

C. 物业的建筑面积 D. 物业的环境污染状况

14. 物业服务合同是物业服务企业与( )之间就物业管理服务及相关的物业管理活动所达成的权利义务关系的协议。

A. 建设单位

B. 业主(或业主大会授权的业主委员会)

C. 个人

D. 房地产开发商

15. 下列选项中,属于物业开发项目的规划设计阶段早期介入内容的是( )。

A. 就物业的结构布局、功能方面提出改进建议

B. 根据物业建设及目标客户群的定位确定物业管理的模式

C. 根据规划和配套确定物业管理服务的基本内容

D. 根据目标客户情况确定物业管理服务的总体服务质量标准

16. 在物业开发项目的规划设计阶段,早期介入的方法和要点是( )。

A. 物业服务企业不是建设监理单位,要注意介入的方式方法,既要对质量持认真的态度,又不能影响正常的施工、监理工作

B. 仔细做好现场记录,既为今后的物业管理提供资料,也为将来处理质量问题提供重要依据

C. 帮助建设单位优化设计或从使用维护等角度上对设计方案进行调整,使项目在总体上更能满足客户的需求,从而有利于促进项目的成功,降低开发风险

D. 组织物业管理专业人员向建设单位提供专业咨询意见,同时对未来的物业管理进行总体策划

17. 物业工程质量保修分为两部分:一是物业服务企业承接管理的物业共用区域及共用设施设备等部分;二是业主从建设单位购买的产权专有部分。这两部分的保修事务都应由( )负责。

A. 监理单位 B. 建设单位

C. 物业服务企业 D. 业主

18. 物业开发项目的竣工验收阶段的早期介入的内容是( )。

A. 参与竣工验收

B. 拟定物业管理的公共管理制度

C. 拟定各项费用的收费标准及收费办法,必要时履行各种报批手续

D. 派出现场咨询人员,在售楼现场为客户提供物业管理咨询服务

19. 在办理物业承接验收手续时,物业服务企业应接收查验的资料不包括( )。

A. 竣工总平面图

B. 单体建筑、结构、设备竣工图

C. 入住通知书

D. 物业质量保修文件和物业使用说明文件

20. 物业查验过程中,( )检查是通过必要的试验方法(如通水、闭水试验)测试相关设施设备的性能。

A. 检测 B. 观感 C. 使用 D. 试验

21. 物业管理机构更迭时管理工作的移交内容中,业主入住资料包括(　　)。
    A. 装修申请表 　　　　　　　　　　　B. 身份证复印件
    C. 设备维修记录 　　　　　　　　　　D. 消防审批、验收报告

22. 房屋建筑工程共用部位及共用设施设备,包括消防设备、电梯、空调、(　　)、供配电设备等。
    A. 给水排水设备 　　　　　　　　　　B. 财务软件
    C. 物业管理软件 　　　　　　　　　　D. 设备维修记录

23. 《业主(住户)手册》是由物业管理单位编撰,向业主、物业使用人介绍物业基本情况和物业管理服务相关项目内容的服务指南性质的文件。一般而言,主要内容有欢迎辞;小区概况;(　　);小区内相关公共管理制度;公共及康乐设施介绍等。
    A. 委托他人办理入住手续的规定 　　　B. 建设单位和业主的签字确认
    C. 服务指南及服务投诉电话 　　　　　D. 业主、验收人、建设单位代表姓名

24. 物业装饰装修管理的正确流程为(　　)。
    A. 备齐资料→填写申报登记表→登记→签订管理服务协议→办理开工手续→施工→验收
    B. 填写申报登记表→登记→签订管理服务协议→备齐资料→办理开工手续→施工→验收
    C. 填写申报登记表→登记→签订管理服务协议→办理开工手续→备齐资料→施工→验收
    D. 签订管理服务协议→办理开工手续→填写申报登记表→登记→备齐资料→施工→验收

25. 有关房屋种类的划分,以下叙述正确的是(　　)。
    A. 按房屋的层次和高度可分为:低层建筑、多层建筑和高层建筑
    B. 按房屋的建筑结构类型和材料可分为:构架式承重结构、混合结构、钢筋混凝土结构和其他结构
    C. 按房屋承重受力方式可分为:墙承重结构、砖木结构、筒体结构或框架筒体结构承重和大空间结构承重
    D. 按房屋的用途只能分为:居住用途、商业用途和工业用途

26. 在运行和使用者的责任和配合中,指定负责消防系统运行的责任人(　　)人,运行责任人必须由具备相关专业知识的人员担任。
    A. 1～2 　　　　　　　　　　　　　　B. 2～3
    C. 2～4 　　　　　　　　　　　　　　D. 3～5

27. 维修保养人员接到运行人员通知后,应在(　　)小时内解决严重故障。
    A. 1 　　　　　B. 2 　　　　　C. 3 　　　　　D. 4

28. 下列选项中,(　　)不属于供配电系统管理工作的主要内容。
    A. 制定严格的供配电运行制度和电气维修保养制度,同时建立相应的检查监督机制保证各项制度的执行
    B. 建立临时用电管理制度,对任何新增加的用电都应进行用电负荷的计算,进行合理的负荷分配,尽可能保证三相平衡,任何情况下都不允许超负荷供电

C. 配备必要的工具和安全防护用品,准备相应数量的零备件和易损易耗品

D. 定期对用电计量仪表进行检查和校验,确保用电计量的准确性

29. 工厂绿化植物受周围环境影响较大,其植物绿化功能以( )为主,在植物选用上多选用生长快、成活率高、抗性强的树种。

A. 降低噪声 B. 美化环境

C. 减轻污染 D. 环保

30. 高层和超高层物业每层楼放置的消防栓(箱)内应配置( )瓶灭火器。

A. 2 B. 4 C. 6 D. 8

31. 以消防安全员、班组长为主,对所属区域重点防火部位等进行检查的,是指( )检查。

A. 日常 B. 重点

C. 全面 D. 抽样

32. 紧急事件能否发生、何时何地发生、以什么方式发生,发生的程度如何,均是难以预料的,具有极大的( )。

A. 偶然性 B. 随机性

C. 偶然性和随机性 D. 不确定性

33. 物业管理风险中,前期物业管理的风险有许多方面,但最主要的是( )风险。

A. 收费 B. 合同

C. 项目接管的不确定性带来的 D. 管理

34. 物业服务企业利润的构成不包括( )。

A. 营业利润 B. 补贴收入

C. 投资净收益 D. 营业外收入

35. 按照原建设部、财政部《住宅共用部位共用设施设备维修基金管理办法》(建住房[1998]213号)的规定,在出售公房时,售房单位按照一定比例从售房款中提取,原则上高层住宅不低于售房款的( ),该部分专项维修资金属售房单位所有。

A. 10% B. 15%

C. 20% D. 30%

36. 物业区域内的共用部位、共用设施设备,有些可以用来经营,获得收益,经( )同意,可将收入的一部分纳入专项维修资金。

A. 物业单位 B. 业主大会

C. 居民委员会 D. 业主大会和居民委员会

37. 在业主大会成立前,专项维修资金的使用由售房单位委托的管理单位提出使用计划,经( )。

A. 当地房地产行政主管部门审核后划拨

B. 业主大会审定后实施

C. 业主委员会审定后实施

D. 房地产行政主管部门审核后划拨

38. 能够保持档案在形成时间方面的联系,可以反映出立档单位每年工作的特点和逐年发展的变化情况,便于按年度查阅和利用档案等特点,称为( )分类法。

A. 季度   B. 年度

C. 问题   D. 组织机构

39. 以下不属于物业承接查验期的验收文件档案的是（   ）。

     A. 工程竣工验收证书   B. 用水审批表及供水合同

     C. 用电许可证及供电合同   D. 机电设备订购合同

40. 物业服务企业信用档案记录信息每季度至少更新（   ）次。

     A. 1   B. 2   C. 3   D. 4

41. 投诉信息转给被投诉企业后，被投诉企业应在（   ）天内将处理意见反馈给信用档案管理部门。

     A. 5   B. 7   C. 10   D. 15

42. 审阅和筛选简历的方法不包括（   ）。

     A. 审查简历中的逻辑性   B. 关注与职业相关的问题

     C. 对简历的整体印象   D. 判断是否符合职位技术和经验要求

43. 以下属于保安员能力培训主要内容的是（   ）。

     A. 车辆冲卡事件的处理能力   B. 所管理物业的基本情况

     C. 保安员的职责和权力   D. 保安员处理问题的原则和方法

44. 物业服务企业为了完成某些新项目，需要员工掌握某一技术或技能，而针对有关员工进行的培训，是指（   ）培训。

     A. 专项管理   B. 更新观念的

     C. 专项技术   D. 专项技能

45. 客户投诉的主要途径是（   ）。

     A. 通过保安、清洁等物业操作人传言投诉

     B. 电话和个人亲临

     C. 传真投诉

     D. 网上投诉

46. 测量客户满意的方法不包括（   ）。

     A. 客户满意度调研   B. 重要客户分析

     C. 建立受理系统   D. 竞争者分析

47. 最主要的客户管理对象是（   ）。

     A. 建设单位   B. 专业公司

     C. 业主   D. 政府部门

48. 以下不属于物业管理的制度文书的是（   ）。

     A. 办法   B. 计划   C. 制度   D. 公约

49. 用于发布规章制度、阐述政策、布置工作和答复下级单位询问的通知，称为（   ）通知。

     A. 指导性   B. 指示性   C. 周知性   D. 转发性

50. 某物业管理项目机构所管理的小区最近新搬来几户外国人家，他们对物业工作人员的服装颜色有宗教禁忌，针对出现的新情况，该物业管理项目机构向公司领导提出处理办法，就要用（   ）。

A. "会议纪要"   B. "通知"   C. "通报"   D. "意见"

二、多项选择题(共20题,每题2分。每题的备选项中,有2个或2个以上符合题意,至少有1个错项。错选,本题不得分;少选,所选的每个选项得0.5分)

51. 物业服务企业应根据自身实际情况,选择适宜的组织形式。物业服务企业的组织形式有( )。
    A. 直线制
    B. 企业部制
    C. 事业部制
    D. 直线职能制
    E. 矩阵制

52. 物业管理招标的主体一般是( )。
    A. 物业的建设单位
    B. 业主大会
    C. 物业的监理单位
    D. 物业管理的承包单位
    E. 物业产权人

53. 自行组织物业管理招标活动的招标人应具备的条件是( )。
    A. 拥有与招标项目相适应的技术、经济、管理人员
    B. 具有编制招标文件的能力
    C. 具有组织开标、评标的能力
    D. 具有组织定标的能力
    E. 拥有20名以上相关技术管理人员

54. 物业管理投标的主要风险来自于( )。
    A. 招标人和招标物业
    B. 投标人
    C. 竞争对手
    D. 企业自身条件的分析
    E. 业主的需求

55. 物业管理招标中,为进行项目评估和风险防范,投标人对竞争对手的分析评估内容应包括( );竞争对手对招标项目是否具有绝对优势;竞争对手可能采取的投标策略等。
    A. 了解竞争对手的规模、数量和企业综合实力
    B. 竞争对手现接管物业的社会影响程度
    C. 竞争对手与招标方是否存在背景联系
    D. 在物业招标前双方是否存在关联交易
    E. 项目风险控制是否在企业可以承受的范围内

56. 有关合同要约的法律意义的表述中,不正确的是( )。
    A. 要约是一种法律行为
    B. 要约到达受要约人时生效
    C. 要约一旦生效对要约人具有约束力,不得随意撤销
    D. 撤销要约的通知限于在受要约人发出承诺通知之前或者与要约同时到达受要约人
    E. 撤回要约的通知应当在要约到达受要约人之前或者与要约同时到达受要约人

57. 合同要约无法生效的情形有( )。
    A. 受要约人的承诺

B. 受要约人承诺的撤销

C. 要约应不可抗力无法传达到受要约人处

D. 要约的内容虽具有足以使合同成立的主要条款,但内容不够明确,使受要约人不能理解要约人的真实意图

E. 要约人的意思表示不真实,不具有订立合同的真实意图

58. 物业建设和销售过程中,建设项目由于多种原因往往会存在一些问题,主要表现在(   )。

A. 物业规划设计和施工安装存在问题,如设备配置不当、停车位不足、物业工程质量缺陷

B. 建设单位按规定提供物业管理的基础条件

C. 工程质量保修和工程遗留问题处理不及时

D. 建设单位从自身利益的考虑,将部分开发建设的责任和义务转嫁给物业服务企业承担

E. 建设单位在售房时向业主作出不合理的物业管理承诺,使物业服务企业承担不合理的责任

59. 有关物业管理机构更迭时的承接查验的准备工作的叙述,正确的是(   )。

A. 物业的产权单位与原有物业管理机构完全解除了物业服务合同即可实施承接查验

B. 物业的业主大会同新的物业服务企业签订了物业服务合同即可实施承接查验

C. 在签订了物业管理服务合同之后,新的物业服务企业即应组织力量成立物业承接查验小组

D. 查验小组成员要求具有较强的工作经验和业务能力,专业性强

E. 物业的承接查验验收小组应提前与业主委员会及原物业服务企业接触,洽谈移交的有关事项

60. 下列选项中,有关装修人和装修企业在装饰装修活动中责任的表述,正确的是(   )。

A. 装修人擅自拆改供暖、燃气管道和设施而造成损失的,由装修人负责赔偿

B. 装修人装饰装修活动侵占了公共空间,对公共部位和设施造成损害并造成损失的,应由装修人依法承担赔偿责任

C. 装饰装修企业自行采购或者向装修人推荐使用不符合国家标准的装饰装修材料,造成空气污染超标造成损失的,依法由装饰装修企业或装修人承担赔偿责任

D. 物业管理单位发现装修人或者装饰装修企业有违反相关法规规定的行为不及时向有关部门报告的,由房地产行政主管部门给予警告,可处装饰装修管理服务协议约定的装饰装修管理服务费 5 倍的罚款

E. 物业装饰装修行政主管部门的工作人员接到物业管理单位对装修人或者装饰装修企业违法行为的报告后,未及时处理,玩忽职守的,应依法给予行政处分

61. 大型公共物业有人流量大、交通疏导要求高、人为破坏绿化植物多等特点。针对这些特点,在进行绿化管理时必须注意(   )。

A. 不宜使用果树或大花植物作绿化

B. 对绿篱、灌木等进行人工造型修剪,及时清除残花败叶

C. 不宜使用带刺、有毒、易断的绿化植物

D. 植物养护应注重对绿地的围护,避免人为因素造成植物损坏

E. 可以使用带刺的绿化植物

62. 动火过程中的要求包括( )。

A. 现场安全负责人和动火作业员必须经常检查动火情况,发现不安全苗头时,要立即停止动火

B. 发生火灾、燃炸事故时,要及时扑救

C. 动火人员和现场负责人在动火作业后,应检查并彻底清理现场火种

D. 动火现场要指定安全负责人

E. 动火人员要严格执行安全操作规程

63. 物业管理风险中,早期介入的风险主要包括( )。

A. 物业管理员工服务过程中的风险

B. 项目接管的不确定性带来的风险

C. 在使用物业和接受物业服务过程中的风险

D. 物业管理项目外包服务过程中的风险

E. 专业服务咨询的风险

64. 物业服务企业的财务管理不包括( )。

A. 成本和费用管理
B. 利润管理

C. 营业支出管理
D. 专项维修资金的管理

E. 特殊资金的收支管理

65. 物业服务费的测算编制应考虑的因素有( )。

A. 物业服务企业为该项目管理投入的固定资产折旧和物业管理项目机构用物业服务费购置的固定资产折旧,这两部分折旧均应纳入到物业服务费的测算中

B. 物业服务费测算编制应当区分不同物业的性质和特点,并考虑其实行的是政府指导价还是市场调节价

C. 物业服务企业的物业服务收入仅限于该项目的物业管理酬金

D. 物业服务费的测算编制应根据物业服务的项目、内容和要求,科学测算确定物业服务成本

E. 物业管理属微利性服务行业,物业服务费的测算和物业管理的运作应收支平衡、略有结余,在确保物业正常运行维护和管理的前提下,获取合理的利润,使物业服务企业得以可持续发展

66. 对物业管理档案存放的叙述,正确的有( )。

A. 物业承接查验期收集整理的档案是物业基础资料档案,这类档案比较重要,一般须永久存放

B. 档案应当有专门的档案室,档案室的大小应由未来档案的可能数量和一定的余量来确定

C. 物业入住期收集整理的档案是客户资料档案,这类档案存放期长,检索频度较高,随时间推移会发生有限增加,因此这类档案架或柜应留有余量

D. 物业日常管理期收集整理的档案种类繁多、情况复杂且随时间推移会不断增加

E. 为了方便检索利用,归档整理后的案卷需要按分类方法进行分类存放

67. 物业服务企业信用档案工作的指导思想是( )。

A. 通过对计算机和网络信息技术的应用,建立客观公正的物业服务企业信用档案系统

B. 为了整顿和规范物业管理市场秩序,规范物业服务企业及执(从)业人员市场行为,增强物业服务企业及执(从)业人员的信用意识,提高行业诚信度和服务水平

C. 为各级政府部门和社会公众监督物业服务企业及执(从)业人员市场行为提供依据

D. 利用计算机和网络信息手段,将物业服务企业及执(从)业人员的基本情况,经营业绩,经营中违规、违法劣迹及受到的处罚等情况按规定格式进行记录,并向社会公示,接受社会监督

E. 为社会公众查询企业和个人信用信息提供服务

68. 企业薪酬管理的目标主要有( )。

A. 吸引高素质人才,稳定现有员工队伍

B. 使员工安心本职工作,并保持较高的工作业绩和工作动力

C. 努力实现组织目标和员工个人发展目标的协调

D. 为进行薪酬调查建立统一的职位评估标准,使不同职位之间具有可比性,为确保薪酬的公平性奠定基础

E. 是对基本工资、绩效工资、激励性报酬和福利等薪资加以确定和调整的过程

69. 计划主体的"三要素"主要包括( )。

A. 目标　　　　B. 根据　　　　C. 步骤　　　　D. 内容

E. 措施

70. 组成公文式标题的最基本要素包括( )。

A. 事由　　　　B. 文种　　　　C. 单位　　　　D. 时间

E. 性质

三、案例分析题(共2题,每题5分)

(一)

某物业服务企业管理一高层住宅小区,近期收到部分业主投诉及建议,具体意见汇总见下表。

编号	意见与建议
1	部分楼梯间陈旧,要求进行粉刷
2	保安人员更换频繁,给小区安全管理带来隐患
3	小区内停车秩序混乱,建议加强管理
4	小区外市政道路边常有小摊贩,环境脏乱,建议加强管理
5	常有人到小区散发广告,住户反感,也存在不安全因素
6	楼道灯损坏频率高,建议及时检查更换

编号	意见与建议
7	某部电梯安全隐患严重,需要大修
8	建议小区外墙全部翻新
9	小区老鼠和蚊蝇较多(特别是蚊子),建议采取措施
10	小区内出现业主丢失自行车情况,要求加强管理
11	部分业主要求减免物业服务费
12	希望提供家政服务
13	部分业主反映交通不便,要求向交通部门建议增设到达小区的公交线路
14	建议清洁工作业时间与业主的上下班时间尽量错开,避免与业主争用电梯

请分析后回答以下问题:

1. 解决上述问题,需要资金投入的项目有哪些?费用如何解决(不考虑人工、培训等管理成本的增加)?

2. 上述不属于物业服务企业管理职责范围的项目有哪些?对此,物业服务企业应如何处理?

3. 在上述所有问题中,您认为不可能满足业主要求,仅需要进行必要的沟通和解释的项目是哪一项?为什么?

4. 针对上述问题,请结合工作实践,试举出至少三项管理措施,以提高管理服务水平?

(二)

楼上业主顾某在房屋的储藏室内擅自安装了电动抽水马桶、洗脸盆,改变废水立管的下水三通,致使楼下业主王某储藏室内的储柜及物品受损。物业服务部门两次向顾某发出整改通知,责令其拆除私装物,未果。

请分析后回答以下问题:

1. 顾某能否在自己的房屋内随意添装卫生设备?说明理由。

2. 顾某是否应承担王某的损失?说明理由。

参考答案

一、单项选择题

1. B	2. B	3. D	4. B	5. C
6. B	7. D	8. A	9. C	10. A
11. B	12. D	13. C	14. B	15. A
16. C	17. B	18. A	19. C	20. D
21. B	22. A	23. C	24. A	25. A
26. B	27. B	28. C	29. D	30. B
31. A	32. C	33. B	34. B	35. D
36. B	37. A	38. B	39. D	40. A
41. D	42. B	43. A	44. C	45. B
46. B	47. C	48. B	49. B	50. D

二、多项选择题

51. ACDE	52. ABE	53. ABCD	54. ABC	55. ABCD
56. ABCE	57. CDE	58. ACDE	59. CDE	60. ABC
61. ACE	62. ABDE	63. BE	64. CE	65. ABDE
66. BCDE	67. ACE	68. ABC	69. ACE	70. AB

三、案例分析题

（一）

1. 需要资金投入的项目:第1、6、7、8、9项。其中第1、6、9项应在物业服务费中列支;第7、8项从住宅专项维修资金中列支,或由全体业主分摊。

2. 不属于物业服务企业管理职责范围的项目:第4、12、13项。物业服务企业应向业主作出解释,第4、13项不属于物业服务企业直接管理职责范围,无权直接处理;物业服务企业应向有关部门(城管、交通等)反映,积极协调,争取解决,可积极联系家政,按业主要求提供相应服务;并跟踪事态,及时向业主通报。

3. 不可能满足业主要求,仅需要进行必要的沟通和解释的项目是第11项,因为物业服务是公共性服务,所有业主均有按同等标准交纳物业服务费用的义务。

4. 管理措施:

(1)加强基础管理,包括日常检查和员工培训。

(2)调整优化管理服务工作流程。

(3)加强安全、公共秩序管理。

(4)加强小区共用设施设备的更新改造工作。

(5)加强小区卫生管理工作。

(6)加强沟通和宣传工作。

（二）

1. 顾某不能在自己的房屋内随意添装卫生设备。

理由：住宅不得改变使用性质。因特殊情况需要改变使用性质的，应当符合城市规划要求，其业主应当征得相邻业主、使用人和业主委员会的书面同意，并报房地产管理部门审批。

2. 顾某应承担王某的损失。

理由：房屋所有权人使用其房屋时，必须遵守有关的法律法规，不得擅自改变房屋的使用性质和功能。顾某擅自在自己房屋的储藏室内私装电动抽水马桶和洗脸盆，转换了废水立管的下水三通，使储藏室成了卫生间，改变了房屋的使用性质，使得楼下业主王某的房屋渗水，顾某应当承担民事责任。

模拟试卷(四)

一、单项选择题(共 50 题,每题 1 分。每题的备选项中,只有 1 个最符合题意)

1. 新设立的物业服务企业,其资质等级按最低等级核定,并设(　　)的暂定期。
   A. 30 天　　　　　　　　　　　　　　B. 6 个月
   C. 1 年　　　　　　　　　　　　　　　D. 2 年

2. 物业服务企业组织机构设置的影响因素中,外部环境主要包括物业管理的行业特点、人力资源条件、(　　)、客户、市场特点、物业管理的政策法规和宏观经济形势等因素。
   A. 产品特点　　　　　　　　　　　　B. 管理知识
   C. 设备　　　　　　　　　　　　　　D. 技术

3. 按照《物业管理条例》和《前期物业管理招标投标管理暂行办法》的规定,住宅及同一物业管理区域内非住宅的建设单位,应当通过招投标的方式选聘具有相应资质的物业服务企业;投标人少于(　　)个或者住宅规模较小的,经物业所在地的区、县人民政府房地产行政主管部门批准。可以采用协议方式选聘具有相应资质的物业服务企业。
   A. 2　　　　　　　B. 3　　　　　　　C. 4　　　　　　　D. 5

4. 物业管理投标的主要风险来自于招标人和招标物业、投标人、竞争对手,下列选项中,属于来自竞争对手的风险是(　　)。
   A. 招标方提出显失公平的特殊条件,招标方未告知可能会直接影响投标结果的信息
   B. 采取低于成本竞争、欺诈、行贿等不正当的竞争手段
   C. 盲目作出服务承诺
   D. 价格测算失误造成未中标或中标后亏损经营

5. 物业管理投标中,常见的做法是将投标文件根据性质分为商务文件和技术文件两大类。下列对商务文件和技术文件的叙述,不正确的是(　　)。
   A. 公司简介不属于商务文件范畴
   B. 公司简介包括投标公司的资质条件、以往业绩、人员等情况
   C. 公司法人地位及法定代表人证明属于商务文件
   D. 商务文件要求投标人按招标要求和行业标准真实反映企业的情况和详细的报价

6. 物业管理方案关键性内容包括项目的整体设想与构思(包括项目总体模式与物业管理服务工作重点的确定);(　　);费用测算与成本控制;管理方式、运作程序及管理措施。
   A. 组织架构与人员的配置　　　　　　B. 管理制度的制定
   C. 管理指标　　　　　　　　　　　　D. 档案的建立与管理

7. 招标人应当在发布招标公告或者发出投标邀请书的(　　)日前,提交与物业管理有关的物业项目开发建设的政府批件、招标公告或者招标邀请书、招标文件和法律、法规规定的其他材料,报物业项目所在地的县级以上地方人民政府房地产行政主管部门备案。
   A. 5　　　　　　　B. 10　　　　　　　C. 15　　　　　　　D. 20

8. 合同的订立,必须经过要约和(   )两个阶段。

    A. 发盘   B. 出盘   C. 发价   D. 承诺

9. 下列对合同要约的表述,不正确的是(   )。

    A. 一旦受要约人承诺,要约人即受该意思表示的约束,要约人就成为合同的一方当事人

    B. 要约的内容必须具有足以使合同成立的主要条款,且内容必须明确,使受要约人能理解要约人的真实意图

    C. 要约并非要约人原因导致信件遗失而不能传达的,视为要约生效

    D. 要约人虽有要约但未传达,则该要约不发生任何效力

10. 有关承诺的撤回,下列表述不正确的是(   )。

    A. 撤回承诺的通知在承诺通知到达要约人之前到达要约人的,则撤回承诺的通知有效

    B. 受要约人有权随时撤回所作出的承诺,不受时间限制

    C. 撤回承诺的通知与承诺通知同时到达要约人的,则撤回承诺的通知有效

    D. 撤回承诺的通知在承诺通知到达要约人之后到达要约人的,则视为合同成立,双方受合同约束

11. 合同自愿原则,也就是合同自由原则,或称为契约自由原则。其涵义不包括(   )的自愿或自由。

    A. 缔结合同   B. 选择缔约相对人

    C. 选择合同方式   D. 适用法律

12. 合同法的最高要求是(   )。

    A. 诚实信用   B. 合同自由

    C. 主体平等   D. 守法和维护社会公益

13. 前期物业服务合同中,服务内容主要包括:(   );物业共用部位和相关场地环境管理;物业共用部位及共用设施设备的运行、维修、养护和管理;公共秩序维护、安全防范的协助管理;物业装饰装修管理服务;物业档案管理及双方约定的其他管理服务内容等。

    A. 车辆停放管理   B. 物业服务费用的收取标准

    C. 物业类型   D. 物业服务费用的缴纳

14. 根据《物业管理条例》的规定,"业主委员会代表业主与业主大会选聘的物业服务企业签订物业服务合同。"业主大会经物业管理区域内全体业主所持投票权(   )以上通过,决定选聘物业服务企业后,由业主委员会代表业主与业主大会选聘的物业服务企业签订物业服务合同。

    A. 1/3   B. 1/2   C. 2/3   D. 3/4

15. 物业开发项目的可行性研究阶段,早期介入的内容不包括(   )。

    A. 就物业的结构布局、功能方面提出改进建议

    B. 根据目标客户情况确定物业管理服务的总体服务质量标准

    C. 根据物业管理成本初步确定物业管理服务费的收费标准

    D. 设计与客户目标相一致并具备合理性能价格比的物业管理框架性方案

16. 有关物业开发项目早期介入的必要性表述中,不正确的是( )。

    A. 协助开发建设单位及时发现和处理建设销售过程中存在的问题

    B. 能从源头上堵住漏洞,避免或减少阶段问题的发生

    C. 减少房地产开发建设的纠纷,使房地产开发建设得以顺利进行

    D. 可以在物业开发建设初期把不利于物业管理、损害业主利益的因素彻底消除

17. 下列选项中,关于前期物业管理的特点叙述不正确的是( )。

    A. 前期物业管理的特定内容是以后常规期物业管理的基础,对常规期物业管理有着直接和重要的影响

    B. 在前期物业管理阶段,不需要投入较大人力、财力、物力等资源,管理成本相对较低

    C. 前期物业管理的职责是在新建物业投入使用初期建立物业管理服务体系并提供服务

    D. 前期物业管理在时间上和管理上均是一个过渡时期和过程

18. 新建物业承接检验中过程,物业服务企业对物业进行查验之后将发现的问题提交( )处理。

    A. 监理单位   B. 业主

    C. 建设单位   D. 项目负责人

19. 物业的共用设施设备种类繁多,各种物业配置的设备不尽相同,共用设施设备承接查验的主要内容有:柴油发电机组,电气照明、插座装置,防雷与接地,( ),给水排水、电梯,消防水系统等。

    A. 低压配电设施   B. 低压配电设施

    C. 运动场地   D. 休闲娱乐设施

20. 物业查验的过程中,( )检验是对查验对象外观的检查,一般采取目视、触摸等方法进行。

    A. 观感   B. 检测

    C. 试验   D. 使用

21. 物业服务合同或前期物业服务合同的( ),将导致提供物业管理服务的主体发生变化,物业管理机构发生更迭,与此同时,在相关方之间会发生物业管理的移交行为。

    A. 中止   B. 部分变更

    C. 客体变更   D. 终止

22. 物业管理机构更迭时,管理工作需移交的物资财产不包括( )。

    A. 交通工具   B. 维修资金

    C. 通信器材   D. 办公设备

23. 下列有关业主办理入住手续流程的表述中,正确的是( )。

    A. 为保障业主权益,业主可以先领取房屋钥匙,再凭入住通知书、购房发票及身份证进行登记确认

    B. 为保障物业服务企业权益,业主应缴纳当期物业管理服务等有关费用后,再签署有关物业管理服务约定的文件

    C. 业主缴纳当期物业管理服务等有关费用后,入住手续即完成

D. 领取房屋钥匙后,入住手续即完成

24. 物业装饰装修登记,要求物业管理单位一般在(　　)个工作日内完成登记工作,超出物业项目管理单位管理范围的,应报主管部门。

    A. 3   B. 4

    C. 5   D. 7

25. 物业的供电种类按供电回路数目的情况可分为(　　)。

    A. 无自备电源供电和有自备电源供电

    B. 长期供电和临时供电

    C. 单回路供电和多回路供电

    D. 高压供电和低压供电

26. 有关空调系统管理工作的主要内容,以下叙述错误的是(　　)。

    A. 根据空调设备生产厂家和安装单位提供的技术资料和说明书,制定空调系统运行和保养制度,制订大、中、小修计划和测试调整计划

    B. 根据物业性质和人流规律等特点,确定每年空调的开停日期和每日的开停时间,以及空调在各个时间的工作状态

    C. 在空调设备新装和改装时要重点考虑用电负荷问题和噪声污染问题

    D. 空调系统运行产生的噪声是物业噪声污染的主要来源之一,从物业的总体环境考虑,空调噪声的测量、评估、减小等工作不应被空调管理人员所忽视

27. 下列不属于共用设施设备订立外包管理合同应注意的事项是(　　)。

    A. 委托方应尽量保留受托方在服务过程中的有关质量记录文件,既便于监督服务过程,也便于掌握设施设备状况,保证设施设备历史资料的完整性

    B. 建立与承包方的定期沟通会议制度,及时解决合同履约过程中出现的问题

    C. 在合同中应明确因设施设备故障、事故造成的人员、财产等损失,明确在出现情况时的责任方,以免在出现问题时产生纠纷。

    D. 应在合同中明确服务的技术指标标准,并尽量采取量化形式,便于检验

28. 对运行和使用者的责任和配合,下列叙述不正确的是(　　)。

    A. 负责通知楼宇住户(租客)有关维修保养的工作时间,避免造成不必要的恐慌

    B. 运行责任人应对维修保养记录和报告进行审查和签字确认

    C. 指定负责消防系统运行的责任人1~2人,运行责任人必须由具备相关专业知识的人员担任

    D. 负责加强维修保养期间的巡查,预防事故发生

29. 在清洁工作日常管理中,(　　)应覆盖小区主要室内外公共区域。

    A. 日检   B. 月检

    C. 年检   D. 专项抽检

30. 义务消防队伍建立后应定期对义务消防人员进行消防实操训练及消防常识的培训,每年还应进行(　　)次的消防实战演习

    A. 1~2   B. 1~3

    C. 2~3   D. 2~5

31. 对消防安全检查的要求,以下叙述不正确的是(　　)。

A. 对重点设施设备和机房进行深层次的检查,发现问题立即整改

B. 对重点设施设备和机房进行深层次的检查,发现问题时,在规定时间内进行整改

C. 对消防隐患问题,立即处理

D. 深入楼层对重点消防保卫部位进行检查,必要时应做系统调试和试验

32. 物业日常管理服务常见的风险是( )。

A. 合同风险　　　　　　　　　　　　　　　B. 管理风险

C. 收费风险　　　　　　　　　　　　　　　D. 舆论风险

33. 风险管理是一门新兴的管理学科,其以( )为手段。

A. 观察实验　　　　　　　　　　　　　　　B. 经验积累

C. 科学预测　　　　　　　　　　　　　　　D. 科学分析

34. 物业服务企业接受物业产权人、使用人的委托,对房屋共用部位、共用设施设备进行大修取得的收入,称为( )。

A. 材料物资销售收入　　　　　　　　　　　B. 物业大修收入

C. 物业经营收入　　　　　　　　　　　　　D. 物业管理收入

35. 有关物业服务企业成本费用的管理,叙述不正确的是( )。

A. 物业服务企业对物业管理用房进行装饰装修发生的支出,计入递延资产,在有效使用期限内,分期摊入营业成本或者管理费用中

B. 实行一级成本核算的物业服务企业,可不设间接费用,有关支出直接计入管理费用

C. 物业服务企业经营管辖物业共用设施设备支付的有偿费用计入营业成本,支付的物业管理用房有偿使用费计入营业成本或者管理费用

D. 物业服务企业可以于年度终了时,按照年末应收取账款余额的 $0.2\%\sim0.3\%$ 计提坏账准备金,计入管理费用

36. 物业服务费的测算编制应考虑的因素不包括( )。

A. 物业服务费的测算编制应根据物业服务的项目、内容和要求,科学测算确定物业服务成本

B. 物业服务企业为该项目管理投入的固定资产折旧和物业管理项目机构用物业服务费购置的固定资产折旧,这两部分折旧均应纳入到物业服务费的测算中

C. 物业服务企业应本着诚信公平原则,主动接受业主监督,保证服务质量并不断改进

D. 物业服务费测算编制应当区分不同物业的性质和特点,并考虑其实行的是政府指导价还是市场调节价

37. 根据物业维护保养的需要,在大、中修和更新改造费用不足时,由( )决定向全体业主续筹的资金。

A. 物业单位　　　　　　　　　　　　　　　B. 业主大会

C. 居民委员会　　　　　　　　　　　　　　D. 业主大会和居民委员会

38. 二级资质以下物业服务企业及执(从)人员信用档案系统的建立和监督管理是由( )负责。

A. 地方物业管理行政主管部门　　　　　　　B. 住房与城乡建设部

C. 住房与城乡建设部信息中心　　　　　　D. 中国物业管理协会

39. 物业服务企业及执（从）业人员应在每季度后（　　）日内提交更新数据。
　　A. 15　　　　　　　　　　　　　　　　B. 20
　　C. 25　　　　　　　　　　　　　　　　D. 28

40. 投诉信息转给被投诉企业后，被投诉企业应在一定的期限内将处理意见反馈给信用档案管理部门，反馈意见应由（　　）签章。
　　A. 省物业管理行政主管部门　　　　　　B. 行政主管部门和行业协会
　　C. 当地物业管理行政主管部门　　　　　D. 中国物业管理协会

41. 全国物业服务企业信用档案建设按照"统一规划、分级建设、分步实施、信息共享"的原则，由国家（　　）统一部署。
　　A. 行政主管部门　　　　　　　　　　　B. 住房与城乡建设部
　　C. 中国物业管理协会　　　　　　　　　D. 当地物业管理行政主管部门

42. 物业服务企业为了推行某些新的管理方式或方法，而对员工进行的专门培训，称为（　　）。
　　A. 专项管理培训　　　　　　　　　　　B. 更新观念的培训
　　C. 专项技术培训　　　　　　　　　　　D. 专项知识培训

43. 培训效果评估的主要目的是（　　）。
　　A. 评估被培训者对培训知识的掌握程度
　　B. 评估被培训者工作行为的改进程度
　　C. 评估企业的经营绩效是否得到了改善
　　D. 研究和分析员工在经过培训后其行为是否发生了变化

44. 提高物业服务企业员工素质的重要途径是（　　）。
　　A. 晋升培训　　　　　　　　　　　　　B. 操作层员工的知识和能力培训
　　C. 外派培训　　　　　　　　　　　　　D. 管理层员工的知识和能力培训

45. 客户希望听到"我会优先考虑处理您的问题"，体现了客户（　　）的需求。
　　A. 需要服务人员专业化　　　　　　　　B. 需要迅速反应
　　C. 需要被倾听　　　　　　　　　　　　D. 需要被关心

46. 客户满意调查过程的成败首先取决于该（　　）。
　　A. 分析结果　　　　　　　　　　　　　B. 客户满意过程再评估
　　C. 调查的策划　　　　　　　　　　　　D. 客户满意度调研

47. 在招聘操作层员工时，可根据应聘岗位的需要，对应聘者进行操作技能方面的测验，称为（　　）测验。
　　A. 知识　　　　　　　　　　　　　　　B. 心理
　　C. 特殊能力　　　　　　　　　　　　　D. 劳动技能

48. 创建文明小区计划用一年半的时间，分五个阶段完成，在第一、第二、第三、第四阶段结束时，要将有关情况让下级各单位了解，就要用（　　）。
　　A."通知"　　　　　　　　　　　　　　B."通报"
　　C."请示"　　　　　　　　　　　　　　D."报告"

49. 当物业管理公司为了实现某一管理目标、完成某项任务或开展某项工作而预先作出安排与部署时,要用(　　)事务文书。

A.“计划”   B.“大事记”

C.“总结”   D.“倡议书”

50. 在一定的物业范围内,当大多数业主共同商定和共同遵守的道德规范和行为准则需要形成条文时,要用(　　)文书。

A.“守则”   B.“办法”

C.“公约”   D.“制度”

二、多项选择题(共20题,每题2分。每题的备选项中,有2个或2个以上符合题意,至少有1个错项。错选,本题不得分;少选,所选的每个选项得0.5分)

51. 物业服务企业在领取营业执照之日起30天内,持(　　)企业法定代表人的身份证明等资料向当地的房地产主管部门申请资质。

A. 营业执照   B. 企业章程

C. 验资证明   D. 业绩证明

E. 物业管理专业人员的职业资格证书和劳动合同,管理和技术人员的职称证书和劳动合同

52. 有关物业服务企业职能机构及其职责的表述中,正确的有(　　)。

A. 人力资源部的主要职责包括:制定企业各项人力资源管理制度,编制人力资源发展和培训计划,优化人力资源结构和人力资源配置

B. 财务部的主要职责包括:执行财务规章制度;编制财务计划,做好财务核算、成本控制、预算和决算管理、财务分析和财务管理等工作

C. 市场拓展部的主要职责包括:物业管理市场调查研究,物业管理市场拓展,物业项目可行性研究分析,制作标书,投标管理等

D. 品质管理部的主要职责包括:制订和分解企业经营计划和经营目标,制定物业项目考核体系、考核指标和标准,组织对各物业项目进行目标考核等

E. 环境管理部的主要职责包括:负责清洁、绿化管理,保持环境卫生,实施企业对清洁和绿化分包方监管等

53. 物业管理招标投标具有一定的行业特殊性,主要体现在(　　)。

A. 招标方式的特殊性   B. 招标客体的特殊性

C. 招标主体的特殊性   D. 物业管理服务内容的特殊性

E. 招标程序的特殊性

54. 招标人应当根据物业管理项目的特点和需要,在招标前完成招标文件的编制。招标文件应包括的内容有(　　)。

A. 获取招标信息

B. 招标活动方案,包括招标组织结构、开标时间及地点

C. 物业管理服务内容及要求,包括服务内容、服务标准

D. 物业服务合同的签订说明

E. 对投标人及投标书的要求,包括投标人的资格、投标书的格式、主要内容

55. 物业管理工作计划的制订大体可以分成三个阶段,即(　　)。

A. 筹备期   B. 计划讨论阶段

C. 交接期   D. 可行性研究阶段

E. 正常运作期

56. 合同要件即有效合同,应当具备的必要条件包括( )。

A. 当事人的缔约能力   B. 当事人的真实意思表示

C. 合同的内容合法   D. 合同的形式合法

E. 合同的程序合法

57. 诚实信用原则适用弹性相当大,具有( )的基本功能。

A. 确定行为规则   B. 决定合同内容

C. 选择合同方式   D. 平衡利益冲突

E. 解释法律与合同

58. 物业管理中,早期介入的作用是( )。

A. 优化设计   B. 增加物业管理的成本

C. 有利于了解物业情况   D. 为前期物业管理作充分准备

E. 有助于提高工程质量

59. 物业管理机构更迭时查验物业共用部位、共用设施设备及管理现状的主要项目内容有( )。

A. 建筑结构及装饰装修工程的状况

B. 供配电、给水排水、消防、电梯、空调等机电设施设备

C. 业主的阳台

D. 保安监控、对讲门禁设施

E. 停车场、门岗、道闸设施

60. 业主在办理入住手续时,物业管理单位要与业主签订有关物业管理服务的约定,进一步明晰双方的权利和义务,在协议中应明确( )。

A. 滞纳金及其计收比例

B. 物业管理费计费时段和缴交时间

C. 物业管理费收缴方式(现金或托收等)

D. 物业管理费收费面积、收费标准及金额

E. 填写装修申报登记表的时限

61. 清洁卫生服务管理的基本方法大致可分为( )两大类。

A. 联合作业   B. 综合管理

C. 外包管理   D. 委托管理

E. 自行作业

62. 各类机房均应配备足够数量的灭火器材,以保证机房火灾的处置。机房内主要配备有( )。

A. 固定灭火器材   B. 不固定灭火器材

C. 手动式灭火器   D. 消防战斗服

E. 推车式灭火器

63. 物业管理风险中,日常物业管理的风险包括( )。

A. 在使用物业和接受物业服务过程中存在的风险

B. 物业管理日常运作过程中存在的风险

C. 物业管理项目外包服务过程中的风险

D. 市政公用事业单位服务过程中的风险

E. 公共媒体宣传报道中的舆论风险

64. 物业服务费的成本构成包括（　　）。

A. 物业共用部位、共用设施设备的日常运行、维护费用

B. 物业管理区域秩序维护费用

C. 物业共用部位、共用设施设备及公众责任保险费用

D. 办公费用和差旅费用

E. 低值易耗品摊销

65. 物业服务企业中,主营业收入的内容不包括（　　）。

A. 物业经营收入　　　　　　　　　B. 材料物资销售收入

C. 物业管理收入　　　　　　　　　D. 物业大修收入

E. 无形资产转让收入

66. 物业运行记录档案的收集范围包括（　　）。

A. 物业维修记录档案　　　　　　　B. 物业服务记录档案

C. 建筑物运行记录档案　　　　　　D. 设施设备运行记录档案

E. 物业管理公司行政管理档案

67. 物业服务企业信用档案的记录内容主要包括（　　）。

A. 公众投诉及处理情况

B. 经营活动中的违法违规行为

C. 企业及执(从)业人员的基本情况

D. 物业服务企业信用档案投诉情况

E. 服务质量问题及其他不良行为记录

68. 对薪酬结构的确定和调整主要掌握的基本原则包括（　　）原则。

A. 公平竞争　　　　　　　　　　　B. 公开

C. 给予员工最大激励　　　　　　　D. 诚信

E. 公平付薪

69. 面试程序一般包括（　　）。

A. 营造和谐气氛　　　　　　　　　B. 提问

C. 准备　　　　　　　　　　　　　D. 结束及复审

E. 倾听

70. 在常规物业管理中,使用批复应注意的问题包括（　　）。

A. 必须有正式的书面请示才能批复,口头或电话请示不能作为批复的依据

B. 批复是对请示作回复,所以在批复的开头一定要完全引述来文字号和标题,不可只引文号,或只引标题

C. 文件在未获批准前,不得对下属单位发送

D. 批复一般只给来文请示的单位

E. 批复要有针对性,要态度明朗,观点明确,措辞要庄重、周密、准确

三、案例分析题(共 2 题,每题 5 分)

(一)

某物业服务公司负责管理的某小区是已经投入使用 12 年的住宅区,建筑面积 45 万 m^2,以高层建筑为主。最近一阶段业主频频反映小区内的老鼠和蚊蝇较多,特别是蚊子,建议物业服务企业采取一些措施。

请分析后回答以下问题:

1. 产生上述情况的可能原因有哪些?

2. 应采取怎样的措施来解决这一问题?

(二)

某物业项目位于我国某沿海城市,总建筑面积达 35 余万 m^2,属中高层住宅物业,项目分两期建设,是当地最大的住宅建设项目。整个小区的建设申报了国家安居示范工程小区,是该市重点工程之一,备受当地居民和政府的关注。建设单位为把这个项目建设经营好,在项目的立项阶段就选聘了一家具有丰富经验的物业服务企业,并由其负责该项目物业服务的早期介入工作。

请分析后回答以下问题:

1. 物业服务企业早期介入有何作用?

2. 在可行性研究阶段,物业服务企业早期介入的工作内容包括哪些?

参考答案

一、单项选择题

1. C	2. A	3. B	4. B	5. A
6. A	7. B	8. D	9. C	10. B
11. D	12. D	13. A	14. C	15. A
16. D	17. B	18. C	19. B	20. A
21. D	22. B	23. D	24. A	25. C
26. D	27. B	28. C	29. A	30. A
31. B	32. C	33. D	34. A	35. D
36. C	37. B	38. A	39. D	40. C
41. B	42. A	43. D	44. C	45. B
46. C	47. D	48. B	49. A	50. C

二、多项选择题

51. ABCE	52. ABCE	53. CD	54. BCDE	55. ACE
56. ABCD	57. ADE	58. ACDE	59. ABDE	60. ABCD
61. CE	62. AE	63. AB	64. ABC	65. ACD
66. CD	67. ABCE	68. CE	69. ABCD	70. ABDE

三、案例分析题

(一)

1. 可能原因:环境脏乱。其中积水较多是滋生蚊蝇的主要原因;有食源是老鼠较多的原因。

2. 应采取的措施:加强环境治理,及时清运垃圾,积水处理,加强药物灭杀蚊蝇,对于大面积的积水,若无法投药,则可适当养鱼,让水中的鱼将蚊子幼虫吞食;对于小面积的积水,一般通过排水或加药来杀灭幼蚊。小区内蚊子孳生的地方多为水沟、地下车库集水坑、地面积水、业主家阳台或花槽积水、绿化带中的空罐头或空饭盒等。为了达到群防群治,物业服务项目机构除应定期清理积水,保持卫生及适当喷杀成蚊外,还应积极做好"四害"知识宣传,发动业主做好自家的清洁卫生,消除"四害"孳生场所。利用鼠夹、毒饵等物理、化学、生物等方法灭鼠;同时加强宣传教育,取得业主配合。

(二)

1. 早期介入的作用：

(1)优化设计。

(2)有助于提高工程质量。

(3)有利于了解物业情况。

(4)为前期物业服务作充分准备。

(5)有助于提高建设单位的开发效益。

2. 在可行性研究阶段，物业服务企业早期介入的工作内容：

(1)根据物业建设及目标客户群的定位确定物业服务的模式。

(2)根据规划和配套确定物业服务的基本内容。

(3)根据目标客户情况确定物业服务的总体服务质量标准。

(4)根据物业服务成本初步确定物业服务费的收费标准。

(5)设计与客户目标相一致并具备合理性能价格比的物业服务框架性方案。

模拟试卷(五)

一、单项选择题(共50题,每题1分。每题的备选项中,只有1个最符合题意)

1. 物业服务企业的组织形式中,直线职能制以直线制为基础,在各级主管人员的领导下,按专业分工设置相应的职能部门,实行主管人员统一指挥和职能部门专业指导相结合的组织形式。其主要缺点是( )。
   - A. 不适应涉及面广、技术复杂、服务多样化、管理综合性强的物业服务企业
   - B. 不能调动各事业部门的积极性、责任心和主动性
   - C. 降低了专业管理的职能,
   - D. 机构人员较多,成本较高;横向协调困难,容易造成扯皮,降低工作效率

2. 《公司法》规定,科技开发、咨询、服务性有限责任公司最低限额的注册资本为( )万元人民币,物业服务企业作为服务性企业应符合此规定。
   - A. 10
   - B. 20
   - C. 30
   - D. 50

3. 物业服务企业在获取招标信息后应组织相关人员组成( ),对投标活动进行策划实施。
   - A. 招标委员会
   - B. 投标小组
   - C. 业主大会
   - D. 评标委员会

4. 物业管理投标文件除了按规定格式要求响应招标文件外,最主要的内容是介绍物业管理要点和物业管理服务内容、服务形式和( )。
   - A. 物业所在地的经济环境
   - B. 物业所在地的人文环境
   - C. 费用
   - D. 物业所在地的气候条件

5. 投标文件编写的基本要求是( )。
   - A. 国内物业管理投标书规定使用的货币应为"人民币"
   - B. 确保填写无遗漏,无空缺
   - C. 不可任意修改填写内容
   - D. 报价合理

6. 物业管理方案的实质性内容包括:人员培训及管理;早期介入及前期物业管理服务内容;常规物业管理服务综述;( );管理指标;物资装备等。
   - A. 组织架构与人员的配置
   - B. 费用测算与成本控制
   - C. 管理方式、运作程序及管理措施
   - D. 管理制度的制定

7. 公开招标的物业管理项目,自招标文件发出之日起至投标人提交投标文件截止之日止,最短不得少于( )日。
   - A. 10
   - B. 15
   - C. 20
   - D. 25

8. 有关合同概念的表述中,不正确的是( )。
   - A. 当受要约人以订立合同的意图接受要约时合同即成立

B. 合同只可以在双方当事人之间订立

C. 合同是当事人之间意思表示一致的结果

D. 合同的订立,必须经过要约和承诺两个阶段

9. 拍卖是一种特殊的交易方式,但其成交过程也可用要约与承诺来分析。拍卖广告以及拍卖人宣布拍卖某物都属于( )。

A. 要约   B. 反要约

C. 邀请要约   D. 承诺

10. 有关合同承诺的叙述中,不正确的是( )。

A. 非受要约人或未获得授权的代理人不得作出承诺

B. 超过要约规定的期限或合理期限的承诺无效,只能视为一个新要约

C. 一项有效的承诺,受要约人不能对要约内容作出实质性变更,否则为新要约,并导致原要约失去效力

D. 如果受要约人内心愿意接受要约,却保持沉默,未对要约人公开表示却私下为该合同作出准备工作的,可以构成承诺

11. 当事人订立合同、履行合同,应当遵守法律法规,遵守社会公德,不得扰乱社会经济秩序,损害社会公共利益,体现的是合同签订中应遵循的( )原则。

A. 主体平等   B. 守法和维护社会公益

C. 诚实信用   D. 合同自由

12. 下列选项中,不属于邀请要约的是( )。

A. 悬赏广告

B. 拍卖广告以及拍卖人宣布拍卖某物的行为

C. 在广告中标明具体的物品及价格的行为

D. 任何商店或超级市场上商品的标价陈列的行为

13. 前期物业服务合同的主要内容中,不属于服务费用的是( )。

A. 物业服务费用的收取标准、收费约定的方式

B. 专项维修资金

C. 物业服务费用的缴纳

D. 服务资金收支情况的公布及其争议的处理

14. 有关物业服务合同与前期物业服务合同的主要区别的表述中,不正确的是( )。

A. 前期物业服务合同的当事人是物业开发建设单位与物业服务企业

B. 物业服务合同的当事人是业主(或业主大会)与物业服务企业

C. 前期物业服务合同的期限虽然可以约定,但是期限未满、业主委员会与物业服务企业签订的物业服务合同又开始生效的,前期物业服务合同将会终止

D. 物业服务合同期限由订立合同双方约定,与前期物业服务合同相比,具有期限不明确、变化性大等缺点

15. 在物业开发项目的建设阶段,早期介入的内容不包括( )。

A. 与建设单位、施工单位就施工中发现的问题共同商榷,及时提出并落实整改方案

B. 配合设备安装,确保安装质量

C. 就物业的结构布局、功能方面提出改进意见

D. 对内外装修方式、用料及工艺等从物业管理的角度提出意见

16. 物业开发项目的可行性研究阶段,早期介入的方法和要点是( )。

A. 物业服务企业不是建设监理单位,要注意介入的方式方法,既要对质量持认真的态度,又不能影响正常的施工、监理工作

B. 选用知识面广、综合素质高、策划能力强的管理人员承担项目管理工作

C. 对于分期开发的物业项目,对共用配套设施设备和环境等方面的配置在各期之间的过渡性安排提供协调意见

D. 参与有关规划设计的讨论会,并从使用、维护、管理、经营以及未来功能的调整和物业保值、增值等角度,对设计方案提出意见或建议

17. 对具体物业管理项目进行管理时,物业服务企业可以根据企业的自身情况和需要来确定是否将部分单项服务分包给社会专业服务公司。对分包的服务项目,要进行( ),确定符合自己要求的分包单位。

A. 资质审核   B. 调整和补充

C. 市场调查、筛选   D. 完善

18. 物业的承接查验工程流程的正确顺序为( )。

A. 物业建成通过竣工综合验收→物业服务企业组织人员进行承接查验→对查验中发现的问题进行处理→物业移交

B. 物业服务企业组织人员进行承接查验→对查验中发现的问题进行处理→物业建成通过竣工综合验收→物业移交

C. 物业建成通过竣工综合验收→对查验中发现的问题进行处理→物业服务企业组织人员进行承接查验→物业移交

D. 物业服务企业组织人员进行承接查验→物业建成通过竣工综合验收→物业建成通过竣工综合验收→物业移交

19. 园林绿化分为园林植物和园林建筑,物业的园林植物一般有花卉、树木、草坪、绿(花)篱、( )等。

A. 小品   B. 花坛

C. 花架   D. 园廊

20. 新建物业经过承接查验,物业工程质量问题整理出来之后,由( )提出处理方法。

A. 物业服务企业   B. 业主委员会

C. 监理单位   D. 建设单位

21. 新建物业的移交过程中,移交的物业资料包括产权资料、( )和机电设备资料。

A. 竣工验收资料   B. 技术资料

C. 共用设施设备清单   D. 房屋建筑清单

22. 物业管理机构更迭时,管理工作移交中的重点和难点是( )。

A. 管理资料的移交   B. 承接时的物业管理运作衔接

C. 人事档案资料的移交   D. 合同协议书的移交

23. 物业装饰装修管理是通过对物业装饰装修过程的管理、服务和控制,规范业主、物业使用人的装饰装修行为,协助政府行政主管部门对装饰装修过程中的违规行为进行处理和纠正,从而确保物业的正常运行使用,维护( )的合法权益。

A. 监理单位   B. 建设单位
C. 全体业主   D. 物业服务企业

24. 物业管理单位发现装修人或者装饰装修企业有违反相关法规规定的行为不及时向有关部门报告的,由房地产行政主管部门给予警告,可处装饰装修管理服务协议约定的装饰装修管理服务费(   )倍的罚款。

A. 1～2   B. 2～3
C. 2～4   D. 3～5

25. 维修保养人员进入现场后,在(   )个工作日内提供所保养设备的现状报告,并对存在问题提出解决方案,由有关领导确认。

A. 3   B. 5
C. 7   D. 14

26. 为消除设施设备先天性缺陷或陈旧老化引起的功能不足、故障频发,对设施设备局部结构和零件设计加以改造,结合修理进行改装以提高其可靠性和维修性的措施,称为(   )。

A. 计划性维修   B. 预知的维修
C. 改善性维修   D. 紧急抢修

27. 物业的供电种类,按供电性质可分为(   )。

A. 单回路供电和多回路供电
B. 长期供电和临时供电
C. 无自备电源供电和有自备电源供电
D. 高压供电和低压供电

28. 以下不属于电梯系统管理工作的主要内容是(   )。

A. 将电梯维修保养工作委托给专业公司承担时,要认真审核承包方的专业技术水准和专业资格,认真监督合同的执行情况,定期对承包方的服务进行评价
B. 按照电梯管理需要配备专业电梯管理人员的规定,所有从事电梯管理的人员都要持有国家或地方有关管理部门认可的上岗资格证书
C. 电梯每年要由政府技术监督部门进行年检,获得年检合格证,才能继续使用
D. 常见电梯按用途分为乘客电梯、载货电梯和客货梯;按拖动方式分为直流电梯、交流电梯和液压电梯;按控制方式分为单机控制电梯、集选控制电梯等

29. 清洁工作中技术要求较独特,需用专门的设备、药剂及技术进行的清洁工作是(   )。

A. 管道疏通服务   B. 泳池清洁
C. 家居清洁   D. 专项清洁

30. 消防器材的配置应结合物业的火灾危险性,针对易燃易爆物品的特点进行合理配置。一般在住宅区内,多层建筑中每层楼的消防栓(箱)内均配置(   )瓶灭火器。

A. 1   B. 2
C. 4   D. 6

31. 对安全防范服务的要求,以下叙述不正确的是(   )。

A. 执勤中认真履行职责,不脱岗、不做与工作无关的事情

B. 办事高效,坚持原则,礼貌待人

C. 执勤时整洁着装、佩戴工牌号

D. 观察细致,反应迅速,按照有关规定及时发现、处理各种事故隐患及突发事件

32. 业主使用物业、接受服务中发生的风险不包括(　　)。

　　A. 物业管理员工服务存在的风险

　　B. 法律概念不清导致的风险

　　C. 物业违规装饰装修带来的风险

　　D. 物业使用带来的风险

33. 对物业管理风险防范的措施叙述,不正确的是(　　)。

　　A. 物业服务企业要抓制度建设、抓员工素质和抓管理落实,建立健全并严格执行物业服务企业内部管理的各项规章制度和岗位责任制

　　B. 物业服务企业要学法、懂法和守法,物业管理相关合同在订立前要注重合同主体的合法性,合同服务的约定应尽可能详尽,避免歧义

　　C. 风险管理是一门新兴的管理学科,它是以科学分析为基础,观察实验、经验积累为手段。

　　D. 适当引入市场化的风险分担机制

34. 通过物业服务企业经营物业产权人、使用人提供的房屋建筑物和共用设施取得的收入,称为(　　)收入。

　　A. 物业经营　　　　　　　　　　　　B. 商业用房经营

　　C. 物业管理　　　　　　　　　　　　D. 物业大修

35. 物业服务企业可以于年度终了时,按照年末应收取账款余额的(　　)计提坏账准备金,计入管理费用。

　　A. 0.2%～0.3%　　　　　　　　　　B. 0.3%～0.5%

　　C. 0.5%～1%　　　　　　　　　　　D. 1%～2%

36. 按照原建设部、财政部《住宅共用部位共用设施设备维修基金管理办法》(建住房〔1998〕213号)的规定,在出售公房时,售房单位按照一定比例从售房款中提取,原则上多层住宅不低于售房款的(　　),该部分专项维修资金属售房单位所有。

　　A. 10%　　　　　　　　　　　　　　B. 15%

　　C. 20%　　　　　　　　　　　　　　D. 30%

37. 以下对专项维修资金的管理叙述,不正确的是(　　)。

　　A. 专项维修资金应当在银行专户存储,专款专用

　　B. 专项维修资金属全体业主共同所有,专项用于物业保修期满后物业共用部位、共用设施设备的维修和更新、改造

　　C. 在业主大会成立前,专项维修资金的使用由售房单位委托的管理单位提出使用计划,经当地房地产行政主管部门审核后划拨

　　D. 为了保证专项维修资金的安全,在维修资金出现闲置时,可以挪作他用

38. 在物业管理档案的分类中,具有客观反映各组织机构工作活动的历史面貌,便于按一定专业查阅档案等特点的分类方法,称为(　　)分类法。

　　A. 组织机构　　　　　　　　　　　　B. 事由

C. 季度   D. 年度

39. 以下选项中,不属于权属资料档案的是(   )。

    A. 工程合同   B. 地质勘察报告

    C. 丈量报告   D. 竣工图

40. 全国一级资质物业服务企业及执(从)业人员信用档案系统的建立和监督管理是由
    (   )负责。

    A. 中国物业管理协会   B. 住房与城乡建设部信息中心

    C. 地方物业管理行政主管部门   D. 住房与城乡建设部

41. 投诉信息转给被投诉企业后,被投诉企业应在(   )天内将处理意见反馈给信用档
    案管理部门,反馈意见应由当地物业管理行政主管部门签章。

    A. 3   B. 5

    C. 7   D. 15

42. 对应聘者进行初审的目的是(   )。

    A. 对应聘者是否符合职位基本要求的一种资格审查

    B. 筛选出那些背景和潜质都与职务所需条件相当的候选人

    C. 对应聘者的一种初步了解

    D. 了解应聘者是否掌握应聘岗位所必须具备的基础知识和专业知识

43. 人事管理部门不同意员工辞职的情况为(   )。

    A. 劳动合同期满   B. 与企业订有试用合同

    C. 与企业订有特殊工作协议   D. 未与企业订立劳动合同

44. 以下不属于保洁员知识培训的主要内容是(   )。

    A. 各种清洁工具   B. 清洁材料的功能及使用知识

    C. 物业管理基础知识   D. 所管理物业的基本情况

45. 中高级管理人员知识培训的主要内容不包括(   )。

    A. 物业服务企业财务管理

    B. 物业管理拓展和物业管理方案的制订

    C. 市场营销相关知识

    D. 公共关系学

46. 对企业薪酬管理的目标,以下叙述错误的是(   )。

    A. 企业要根据自身发展的需要选择薪酬制度和薪酬标准

    B. 吸引高素质人才,稳定现有员工队伍

    C. 使员工安心本职工作,并保持较高的工作业绩和工作动力

    D. 努力实现组织目标和员工个人发展目标的协调

47. 客户需要公平的礼遇,而不是埋怨、否认或找借口,体现了客户需要(   )的需求。

    A. 被关心   B. 服务人员专业化

    C. 被倾听   D. 迅速反应

48. 某个小区的物业管理费标准作了调整,会影响到年终结算,物业管理项目机构必须告
    知公司,公司必须告知上级单位(如董事会),都要用(   )。

    A. "报告"   B. "通报"

C."意见" D."请示"

49. 当物业管理公司对某一工作、某一活动、某一法规制订具体实施的方法时,要用( )文书。
    A."制度" B."守则"
    C."办法" D."公约"

50. 在常规物业管理中,使用请示应注意的问题不包括( )。
    A. 必须坚持一事一请示
    B. 有重要事情时,可以越级请示
    C. 请示在未获批准前,不得对下属单位发送
    D. 请示语言既要简明扼要,还要注重行文语气,选用语句要谦敬,分寸得当

二、多项选择题(共 20 题,每题 2 分。每题的备选项中,有 2 个或 2 个以上符合题意,至少有 1 个错项。错选,本题不得分;少选,所选的每个选项得 0.5 分)

51. 物业服务企业的组织形式中,直线制是最简单的企业管理组织形式,其主要优点是( )。
    A. 领导能够集指挥和职能于一身
    B. 命令统一
    C. 责权分明
    D. 指挥及时
    E. 要求领导者通晓各种专业知识,具备多方面的知识和技能

52. 下列选项中,( )物业的招标必须经国有资产管理部门或相关产权部门的批准,一般由产权人或管理使用单位、政府采购中心等作为招标人组织招标。
    A. 政府办公楼 B. 学校、口岸
    C. 商场 D. 码头
    E. 机场

53. 常规物业管理要求提供的相关服务的主要内容有( )。
    A. 客户管理、客户服务和便民措施
    B. 房屋及共用设施设备的管理
    C. 项目机构的建立与日常运作机制的建立,包括机构设置、岗位安排、管理制度
    D. 设计物业管理模式,制订员工培训计划
    E. 环境与公共秩序的管理,包括清洁卫生、环境绿化养护、停车场及安全防范等

54. 物业管理招标程序中,有关公布招标公告或发出投标邀请书的表述中,正确的有( )。
    A. 招标人采取公告招标方式的,应当向 3 个以上物业服务企业发出投标邀请书
    B. 招标人采取邀请招标方式的,可不成立评标委员会
    C. 招标人采取公开招标方式的,应通过公共媒介发布招标公告,并同时在中国住宅与房地产信息网和中国物业管理协会网上发布招标公告
    D. 招标公告应当载明招标人的名称和地址,招标项目的基本情况以及获取招标文件的办法等事项
    E. 招标人采取邀请招标方式的,应当向 3 个以上物业服务企业发出投标邀请书

55. 下列选项中,属于来自投标人的风险主要有( )。

   A. 项目负责人现场答辩出现失误

   B. 未对项目实施必要的可行性分析、评估、论证,从而造成投标决策和投标策略的失误

   C. 价格测算失误造成未中标或中标后亏损经营

   D. 窃取他人的投标资料和商业秘密

   E. 接受资格审查时出现不可预见或可预见但未作相应防范补救措施的失误

56. 下列合同中,属于书面合同的有( )。

   A. 通过传真、电子数据交换等通信工具或形式进行协商达成的协议

   B. 通过电报、电传等通信工具或形式进行协商达成的协议

   C. 通过电话进行协商达成的协议

   D. 通过实施某种具体行为方式进行意思表示所达成的协议

   E. 通过电子邮件进行协商达成的协议

57. 有关合同成立的表述中,正确的有( )。

   A. 合同的成立必须经过要约和发价两个阶段

   B. 投标人中标,合同即成立

   C. 受要约人超过要约规定的期限作出承诺时,合同仍然可以成立

   D. 当顾客交钱购物,店员接受时,合同才成立

   E. 当受要约人以订立合同的意图接受要约时合同成立

58. 新建物业承接查验的准备工作包括( )准备。

   A. 人员　　　　　　B. 计划住房与城乡　　C. 资料　　　　　　　　D. 设备、工具

   E. 资金

59. 物业管理工作的移交必须在完成承接查验的前提下,在不同的主体之间进行。移交工作的情况可分为( )。

   A. 由建设单位将新建物业移交给物业服务企业

   B. 由物业服务企业将新建项目移交给建设单位

   C. 在业主大会选聘新的物业服务企业并订立物业服务合同后,物业产权单位将物业移交给物业服务企业

   D. 在业主大会选聘新的物业服务企业并订立物业服务合同后,由业主大会将物业移交给物业服务企业

   E. 在物业服务企业与业主大会或物业产权单位终止物业服务合同、退出物业管理项目的同时,由物业服务企业向业主大会或物业产权单位移交或交接物业

60. 同新建物业的物业管理移交一样,原物业服务企业退出后的物业管理移交也应该办理交接手续。在办理交接手续时应注意( )。

   A. 提出遗留问题的处理方案

   B. 尽量避免答复业主的质疑

   C. 确认原有物业服务企业退出或留下人员名单

   D. 对物业及共用配套设施设备的使用现状作出评价,真实客观地反映房屋的完好程度

E. 各类管理资产和各项费用应办理移交,对未结清的费用(如业主拖欠的物业服务费)应明确收取、支付方式

61. 室外公共区域的清洁方法主要包括( )等。
    A. 擦　　　　　　　　B. 扫　　　　　　　　C. 养　　　　　　　　D. 洗
    E. 捡

62. 安全防范工作的检查方法包括( )。
    A. 日检　　　　　　　　　　　　　B. 周检
    C. 月检　　　　　　　　　　　　　D. 专项抽检
    E. 督察

63. 紧急事件的性质包括( )。
    A. 紧急事件的复杂性不仅表现在事件发生的原因相当复杂,还表现在事件发展变化也是相当复杂的
    B. 在发生紧急事件时,企业应尽可能努力控制事态的恶化和蔓延,把因事件造成的损失减少到最低限度,在最短的时间内恢复正常
    C. 面对突如其来的、不可预见的紧急关头或困境,必须立即采取行动以避免造成灾难和扩大损失
    D. 随着现代科技的发展和人类文明程度的提高,人们对各种紧急事件的控制和利用能力也在不断提高
    E. 处理紧急事件应以不造成新的损失为前提,不能因急于处理,而不顾后果,造成更大损失

64. 直接人工费包括物业服务企业中直接从事物业管理活动的人员的( )等。
    A. 邮电通信费　　　　　　　　　B. 工资
    C. 劳动保护费　　　　　　　　　D. 奖金及职工福利费
    E. 办公费

65. 物业服务企业的利润总额包括( )。
    A. 营业利润　　　　　　　　　　B. 投资净收益
    C. 无形资产转让收入　　　　　　D. 营业外收支净额
    E. 补贴收入

66. 物业承接查验期的档案收集的内容主要包括( )。
    A. 设计文件
    B. 技术文件
    C. 被承接查验物业及其附属设施设备的权属
    D. 验收文件
    E. 施工文件

67. 住房与城乡建设部对物业服务企业信用档案系统建设的要求,以下叙述错误的有( )。
    A. 物业服务企业信用档案记录信息的报送、传递及有关事宜的联系,必须采用电子邮件方式
    B. 扩大物业服务企业信用档案的覆盖面

C. 物业服务企业信用档案记录信息每季度至少更新两次

D. 保证物业管理信用档案系统信息的全面、准确

E. 统一系统数据平台,保证信息传递畅通、资源共享

68. 维修员知识培训的主要内容包括( )。

A. 物业管理基础知识

B. 房屋附属设备维修的类型

C. 供水供电基本知识

D. 给水排水设备的验收接管知识

E. 房屋日常养护知识及房屋维修知识

69. 以下对物业管理客户沟通的内容,叙述不正确的有( )。

A. 与政府行政、业务主管部门、辖区街道居委会等在法规监管、行政管理服务方面的沟通交流

B. 与业主大会和业主委员会物业管理事务的沟通交流

C. 在与政府相关部门的沟通中,物业服务企业要摆正位置,对政府职能部门提出的建议和要求应经过了解、调查和分析,做好沟通交流每个环节的准备

D. 与建设单位、市政公用事业单位、专业公司等单位的沟通交流,要以合同准备为核心,明确各方职责范围、权利义务,做好沟通交流工作

E. 与建设单位就早期介入、承接查验、物业移交等问题的沟通交流

70. 守则构成一般由( )三部分组成。

A. 正文   B. 签署

C. 标题   D. 称呼

E. 落款

三、案例分析题(共2题,每题5分)

(一)

某房地产开发公司开发的某住宅小区,由甲物业服务企业承担前期物业服务。业主于2006年8月开始入住,2008年5月该小区召开首次业主大会会议,选举产生了业主委员会,并按照业主大会决议选聘了乙物业服务企业。业主委员会与乙物业服务企业签订了物业服务合同,合同于2008年8月1日零时生效。业主委员会以书面形式通知甲物业服务企业应于2008年8月1日前办理完成物业交接验收手续。甲物业服务企业收到业主委员会书面通知后,安排了该小区管理服务人员退场,但以部分业主欠缴物业服务费为由,拒绝移交相应的物业服务资料,拒不配合物业交接查验。

2009年8月15日,顶层的16户业主发现房间在雨天渗水,于是联名要求乙物业服务企业无偿修复。乙物业服务企业称这是因甲物业服务企业管理不善所致,应由甲物业服务企业负责修缮。之后,乙物业服务企业不再受理业主有关该问题的投诉。

请分析后回答以下问题:

1. 上述16户业主提出的修复请求是否合理? 是否应由乙物业服务企业负责无偿修复?

2. 乙物业服务企业的做法是否妥当? 如果您是该公司的负责人,如何处理业主的投诉?

3. 该小区的前期物业服务合同何时终止?

4. 甲物业服务企业拒绝移交的理由是否成立? 请说明理由。

5. 在甲物业服务企业拒绝移交物业服务资料和配合物业交接查验的情况下,乙物业服务企业应如何进行物业承接查验?

(二)

某小区业主李某深夜在小区内被不法分子袭击受伤。李某以某物业服务企业未尽物业服务职责,安防人员不合格导致小区不安全,业主人身受到伤害为由将某物业公司告上法庭,要求物业公司赔偿医疗费、交通费、误工费、营养费、护理费及精神损失费共计83500元人民币。某物业公司辩称,物业服务保安服务的范围是指为维护物业服务区域的公共秩序而配合公安机关实施的防范性安全保卫活动,其在进行物业服务时,并不负有保证每个居民人身安全的义务。而且该物业公司也已按合同要求配置了24小时安防人员。在案件发生时,门岗当班的安防人员及巡逻安防人员并未发生违规操作或脱岗现象,亦未发现陌生人进入小区。因此不同意原告的诉讼请求,但愿意从道义上给予原告一次性经济补偿3000元人民币。

请分析后回答以下问题:

1. 法院对李某提出的83500元的诉讼请求是否给予支持?说明原因。
2. 简述公共安全防范管理服务的含义,指出其具体的服务内容。

参考答案

一、单项选择题

1. D	2. A	3. B	4. C	5. A
6. D	7. C	8. B	9. C	10. D
11. B	12. A	13. B	14. D	15. C
16. B	17. C	18. A	19. B	20. D
21. A	22. B	23. C	24. B	25. B
26. C	27. D	28. D	29. D	30. B
31. D	32. A	33. C	34. A	35. B
36. C	37. D	38. A	39. C	40. D
41. D	42. B	43. C	44. D	45. B
46. A	47. C	48. A	49. C	50. B

二、多项选择题

51. ABCD	52. ABDE	53. ABCE	54. CDE	55. ABCE
56. ABE	57. BDE	58. ABCD	59. ACDE	60. ACDE
61. BDE	62. ABCE	63. ACD	64. BD	65. ABDE
66. BCD	67. AC	68. ACE	69. ABE	70. ABC

三、案例分析题

(一)

1. 上述 16 户业主要求修复的请求是合理的,因房屋未超过保修期限;但上述住户要求乙物业服务企业无偿修复是不合理的,因房屋在保修期内的维修责任应由建设单位负责。

2. 乙物业服务企业的做法不妥当。该公司应勘察现场,统计业主损失情况,积极向业主做好解释工作,告知业主在保修期内,房屋应由建设单位无偿保修;同时应将有关情况及时告知建设单位(或建议业主及时告知建设单位),积极与建设单位联系修缮,随时向业主通报进展情况。

3. 该小区的前期物业服务合同的终止时间为 2008 年 7 月 31 日(24 时)或 2008 年 8 月 1 日(零时)。

4. 拒绝移交的理由不成立;理由是业主欠缴物业服务费用,应通过业主委员会督促,物业服务企业诉讼等其他途径解决。

5. 在甲物业服务企业拒绝移交物业服务资料和配合物业交接查验的情况下,乙物业服务企业应按以下方法进行物业承接查验:

(1)乙物业服务企业应在业主委员会的配合下,对物业共用部位、共用设施设备逐一进行实物查验,做好查验记录;尽可能邀请具有公信力的第三方(如政府主管部门、街道办事处、社区居委会等)参加查验工作。

(2)自查验之日起,乙物业服务企业应建立共用部位、共用设施设备运行维修养护技术档案。

(3)乙物业服务企业可从建设单位或城建档案馆获取该小区相关原始档案资料。

(二)

1. 法院对李某提出的 83500 元的诉讼请求不予支持。

原因:李某与物业服务企业订立的物业服务合同系双方自愿,合法有效。物业服务企业虽在合同中承诺 24 小时安全防范服务,但治安管理是一项社会责任,物业服务企业的这种安全防范服务仅限于防范性安全保卫活动,并不能要求完全根除治安案件。物业服务企业确已在小区设置了门岗及安全防范人员,并实施了 24 小时安全防范值班。李某不能提供其被袭击系物业服务企业不履行职责所致的证据,其要求被告某物业服务企业承担侵权的赔偿责任缺乏事实和法律依据,法院不以支持。

2. 公共安全防范管理服务是物业服务企业协助政府相关部门,为维护公共治安、施工安全等采取的一系列防范性管理服务活动。内容包括:出入管理,安防系统的使用、维护和管理,施工现场的管理,配合政府开展社区管理等工作。

模拟试卷(六)

一、单项选择题(共 50 题,每题 1 分。每题的备选项中,只有 1 个最符合题意)

1. 物业服务企业资质等级分为一、二、三级,(   )负责二级物业服务企业资质证书的颁发和管理。

    A. 国务院建设主管部门

    B. 省、自治区人民政府建设主管部门

    C. 直辖市人民政府房地产主管部门

    D. 设区的市级人民政府房地产主管部门

2. 招标人聘请物业服务企业负责对招标物业进行全方位的常规物业管理服务,由物业服务企业自行负责组织实施和运作,招标人只负责对管理服务的质量和效果进行综合测评的管理方式,称为(   )。

    A. 顾问服务型管理   B. 合资合作

    C. 全方位服务型管理   D. 单项服务型管理

3. 招标人在发布招标公告或投标邀请书的(   )日内必须提交与招标项目和招标活动有关的资料,向项目所在地的县级以上地方人民政府房地产行政主管部门备案等。

    A. 7   B. 10

    C. 15   D. 30

4. 下列物业管理投标的主要风险中,属于来自于招标人和招标物业的风险是(   )。

    A. 招标方与其他投标人存在关联交易

    B. 盲目作出服务承诺

    C. 项目负责人现场答辩出现失误

    D. 投标人采取不正当的手段参与竞争,被招标方或评标委员会取消投标资格

5. 物业管理招标中,招标人对企业自身条件的分析内容不包括(   )。

    A. 竞争对手现接管物业的社会影响程度

    B. 招标项目的性质,所在区域、规模是否符合企业发展规划

    C. 项目类型是否符合企业确定的目标客户

    D. 常规预测的盈利

6. 有关投标人对投标的组织策划的表述中,不正确的是(   )。

    A. 对招标方、招标物业基本情况和竞争对手要进行深入细致的调查,正确评估,预测并降低投标的风险

    B. 技术文件的选择是确保投标活动的质量和效率的基础

    C. 灵活运用公共关系,多渠道获取相关信息,确保报价的合理性

    D. 周密安排招标方的资格预选和评标过程中的现场答辩活动

7. 对招标物业项目的整体设想与构思必须在对项目进行分析研究的基础上实施,只有对招标物业项目的基本情况和业主的需求进行详尽深入的调查、分析,才能制订出科学、合理、可行的方案,因此,(   )是编制物业管理方案的前提条件。

A. 客户服务需求分析　　　　　　　　　B. 项目简介

C. 项目分析　　　　　　　　　　　　　D. 项目的可行性研究与定位

8. 经资格预审后,公开招标的招标人应当向资格预审合格的投标申请人发出资格预审合格通知书,告知获取招标文件的时间、地点和方法,并同时向不符合资格的投标申请人告知资格预审结果。在资格预审合格的投标申请人过多时,可以由招标人从中选择不少于(　　　)家资格预审合格的投标申请人。

A. 3　　　　　　　　　　　　　　　　B. 5

C. 7　　　　　　　　　　　　　　　　D. 10

9. 拍卖过程中出价人每次竞买的出价均为要约,拍卖师击槌表示成交则为承诺,双方交易告成。因此,往往在拍卖过程中,拍卖广告上的有些物品,可能会被撤销拍卖,因为拍卖广告(　　　)。

A. 为承诺　　　　　　　　　　　　　　B. 为要约

C. 为反要约　　　　　　　　　　　　　D. 并非要约

10. 对合同承诺的法律意义的表述中,不正确的是(　　　)。

A. 受要约人一经作出承诺,该合同即告成立

B. 承诺只可以撤销不可以撤回

C. 双方当事人就要受合同的约束

D. 要约人与受要约人(即承诺人)之间就形成了合同关系

11. 民法、合同法的最基本原则是(　　　)。

A. 诚实信用原则　　　　　　　　　　　B. 合同自由原则

C. 守法和维护社会效益原则　　　　　　D. 权利义务公平对等

12. 下列关于合同要约与邀请要约的表述中,正确的是(　　　)。

A. 邀请要约是一方邀请他方向自己发出要约的意思表示

B. 邀请要约必须承担相应的法律责任

C. 拍卖广告以及拍卖人宣布拍卖某物都属于要约

D. 拍卖过程中出价人每次竞买的出价均为邀请要约

13. 对签订前期物业服务合同应注意事项的表述,不正确的是(　　　)。

A. 前期物业服务合同应当对物业共用部位、共用设施设备的承接验收内容、标准、责任等作出明确的约定

B. 对业主自有物业专有部分的承接验收则属于业主与发展商之间的问题,必须在合同中约定

C. 应当由建设单位支付的费用不能转嫁给业主

D. 对于由业主支付的费用部分,则应当注意是否符合国家法律法规的要求

14. 物业服务合同与前期物业服务合同的主要区别,主要体现在订立合同的当事人不同和(　　　)。

A. 合同内容不同　　　　　　　　　　　B. 合同主要条款不同

C. 合同期限不同　　　　　　　　　　　D. 合同的制订程序不同

15. 在服务合同里明确双方违反约定应承担的违约责任,约定的责任要具有(　　　)和可操作性。

A. 针对性   B. 实用性

C. 适应性   D. 具体性

16. 物业开发项目的销售阶段早期介入的方法和要点是( )。

  A. 组织物业管理专业人员向建设单位提供专业咨询意见,同时对未来的物业管理进行总体策划

  B. 要贯彻可行性研究阶段所确定的物业管理总体规划的内容和思路,保证总体思路的一致性、连贯性和持续性

  C. 仔细做好现场记录,既为今后的物业管理提供资料,也为将来处理质量问题提供重要依据

  D. 准确全面展示未来物业管理服务内容,有关物业管理的宣传及承诺,包括各类公共管理制度,一定要符合法规,同时要实事求是

17. 物业开发项目的竣工和验收阶段早期介入的方法和要点是( )。

  A. 随同相关验收组观看验收过程,了解验收人员、专家给施工或建设单位的意见、建议和验收结论

  B. 派出工程技术人员进驻现场,对工程进行观察、了解、记录,并就有关问题提出意见和建议

  C. 对于分期开发的物业项目,对共用配套设施设备和环境等方面的配置在各期之间的过渡性安排提供协调意见

  D. 征询业主对物业管理服务需求意见,并进行整理,以此作为前期物业管理服务方案的制订和修正依据

18. 物业服务企业在承接查验前就应根据承接物业的( )、特点,与建设单位组成联合小组,各自确定相关专业的技术人员参加。

A. 规模   B. 类型

C. 建筑面积   D. 位置

19. 物业管理的承接查验主要以( )的方式进行。

A. 观感查验   B. 使用查验

C. 核对检查   D. 试验查验

20. 在物业管理机构发生更迭时,新的物业服务企业必须在( )的情况下方可实施承接查验。

  A. 物业的产权单位与原有物业管理机构完全解除了物业服务合同

  B. 物业的业主大会与原有物业管理机构完全解除了物业服务合同

  C. 物业的产权单位或业主大会同新的物业服务企业签订了物业服务合同

  D. 物业的产权单位与原有物业管理机构完全解除了物业服务合同并且同新的物业服务企业签订了物业服务合同

21. 在新建物业的移交过程中,移交方为( )。

A. 开发建设单位上一级的监理单位   B. 该物业的开发建设单位

C. 物业服务企业   D. 施工单位

22. 入住通知书的主要内容包括:物业具体位置,物业竣工验收合格以及物业服务企业接管验收合格的情况介绍;准予入住的说明;( );入住具体时间和办理入住手续的

地点等。

    A. 物业不同部位保修规定

    B. 物业建设基本情况、设施设备的使用说明

    C. 委托他人办理入住手续的规定

    D. 物业分项验收情况记录以及水、电、煤气等的起始读数

23. 建设单位和物业管理单位应在入住前（　　　）制订入住工作计划,由项目管理负责人审查批准,并报经上级主管部门核准。

    A. 15 天   B. 1 个月

    C. 45 天   D. 60 天

24. 为避免过分集中入住导致工作的混乱,降低入住工作强度,在向业主发出入住通知书时,应明确告知其入住办理时间,现场亦应有明确标识和提示,以便对业主入住进行有效疏导和分流,确保入住工作的顺利进行的应对办法是（　　　）。

    A. 人力资源充足   B. 资料准备充足

    C. 分批办理入住手续   D. 紧急情况有预案

25. 下列选项中,不属于空调系统的注意事项的是（　　　）。

    A. 空调系统运行产生的噪声是物业噪声污染的主要来源之一,从物业的总体环境考虑,空调噪声的测量、评估、减小等工作不应被空调管理人员所忽视

    B. 中央空调系统是保证建筑物内空气质量的重要设备,应注意恰当地控制新风比例并注意采取隔尘、杀菌和消毒措施

    C. 在空调系统停机一段时间(如冬季停机)重新投入运行或空调送暖和送冷交替之前,要对空调系统进行严格细致的检查调整工作

    D. 空调系统运行消耗的水、电和其他能源在物业管理公共用水用电和耗能中占有很大比例,空调管理应该把节能运行作为一项重要工作

26. 物业的供电种类,按备用电源情况可分为（　　　）。

    A. 无自备电源供电和有自备电源供电

    B. 单回路供电和多回路供电

    C. 长期供电和临时供电

    D. 高压供电和低压供电

27. 在设备运行中或基本不拆卸的情况下,采用先进的信息采集、分析技术掌握设备运行状况,判定产生故障的原因、部位,预测、预报设备未来状态的技术等特点,称为（　　　）。

    A. 设备的状态监测   B. 故障诊断技术

    C. 设备的检查   D. 定期预防性试验

28. 在共用设施设备的运行管理中,以下不属于建立健全的必要规章制度的是（　　　）。

    A. 对于连续运行的设施设备,可在运行中实行交接班制度和值班巡视记录制度

    B. 实行定人、定机和凭证操作设备制度,不允许无证人员单独操作设备,对多人操作的设施设备,应指定专人负责

    C. 操作人员经培训考核合格后,才能独立上岗操作相关工作专业的设备

    D. 操作人员必须遵守设施设备的操作和运行规程

29. 对蟑螂的防治方法,以下叙述错误的是(   )。
    A. 严格控制食物及水源,及时清理生活垃圾,消除蟑螂食物
    B. 彻底整顿室内卫生,清除残留卵夹,控制和减少高峰季节的蟑螂密度
    C. 对建筑物各种孔缝进行堵眼、封缝,防止蟑螂入内
    D. 利用灭蟑的天敌、杀虫涂料及毒饵粘捕等进行化学防治

30. 由指定人员对各项目的安防工作进行全面检查的是指(   )。
    A. 日检   B. 周检
    C. 月检   D. 督察

31. 消防工作的指导原则是(   )。
    A.“安全第一,预防为主”   B.“预防为主,防消结合”
    C.“预防第一,安全为主”   D.“安全第一,防消结合”

32. 日常物业管理的风险包括业主在使用物业和接受物业服务过程中存在的风险
    和(   )。
    A. 物业管理员工服务过程中的风险
    B. 市政公用事业单位服务过程中的风险
    C. 物业管理项目外包服务过程中的风险
    D. 物业管理日常运作过程中存在的风险

33. 早期介入的风险主要包括(   )和专业服务咨询的风险。
    A. 业主使用物业、接受服务中发生的风险
    B. 项目接管的不确定性带来的风险
    C. 合同订立的风险
    D. 公共媒体宣传报道中的舆论风险

34. 通过物业服务企业向物业产权人、使用人收取的公共性服务费收入、公众代办性服务
    费收入和特约服务收入,称为(   )收入。
    A. 物业管理   B. 物业经营
    C. 物业大修   D. 商业用房经营

35. 实行一级成本核算的物业服务企业,可不设(   )费用。
    A. 直接人工   B. 直接材料
    C. 间接   D. 管理

36. 按照原建设部、财政部《住宅共用部位共用设施设备维修基金管理办法》(建住房
    [1998]213号)的规定,在销售商品房时,购房者应当按购房款(   )的比例向售房单
    位交缴维修资金。
    A.1%～2%   B.2%～3%
    C.3%～4%   D.4%～5%

37. 在物业服务企业发生更迭时,代管的维修资金账目经业主大会审核无误后,应当办理
    账户转移手续;账户转移手续应当自双方签字盖章之日起(   )日内送当地房地产
    行政主管部门和业主委员会备案。
    A.3   B.5
    C.10   D.15

38. 在物业管理档案的分类中,既能较突出地反映立档单位主要工作活动的面貌,又便于按专业系统全面地查阅利用档案等特点的分类方法,称为(   )分类法。

A. 年度   B. 季度

C. 组织机构   D. 问题

39. 组织所辖区域内所有物业服务企业及执(从)业人员信用档案系统的建设与管理工作是由(   )负责。

A. 各级物业管理行政主管部门

B. 中国物业管理协会

C. 地方物业管理行政主管部门

D. 住房与城乡建设部信息中心

40. 物业服务企业信用档案工作的目的是(   )。

A. 为各级政府部门和社会公众监督物业服务企业及执(从)业人员市场行为提供依据

B. 为社会公众查询企业和个人信用信息提供服务

C. 为了整顿和规范物业管理市场秩序,规范物业服务企业及执(从)业人员市场行为,增强物业服务企业及执(从)业人员的信用意识,提高行业诚信度和服务水平

D. 为社会公众对物业管理领域违法违规行为的投诉提供途径

41. 业主及业主大会的基础资料、会议决议、决定、请示报告记录等文件的保存时间为(   )。

A. 15 年   B. 20 年

C. 60 年   D. 无期限

42. 在设计应聘申请表时,应注意的问题不包括(   )。

A. 应聘的内容设计要根据职务说明书来确定

B. 为了保证应聘人员提供信息的规范性,企业在招聘活动开始时要组织人员设计应聘申请表

C. 根据不同职位要求及不同应聘人员的层次,分别设计应聘申请表

D. 在设计申请表时要考虑申请表的存储、检索等问题,尤其是在计算机管理系统中

43. 物业服务企业在员工入职时即应明确告知,员工辞职应当提前(   )日以书面形式通知企业。

A. 3   B. 10

C. 15   D. 30

44. 在考核的程序中,确定考核的周期,一般以(   )为周期比较合适。

A. 1 个月   B. 3 个月

C. 6 个月   D. 1 年

45. 客户希望听到"如果我无法立刻解决您的问题,我会告诉您我处理它的步骤与时间",体现了客户需要(   )的需求。

A. 服务人员专业化   B. 被倾听

C. 迅速反应   D. 被关心

46. 测量客户满意的方法,不包括(   )。

A. 建立受理系统　　　　　　　　　　B. 客户满意度调研

C. 内部客户分析　　　　　　　　　　D. 竞争者分析

47. 客户满意度调研的核心是(　　)。

A. 以客户为中心的组织应当能方便客户传递他们的建议和抱怨

B. 确定服务在多大程度上满足了客户的欲望和需求

C. 公司应当同抱怨甚至拒绝服务或正打算转向其他服务企业的客户进行接触,了解发生这种情况的原因

D. 对竞争对手的相应绩效指标进行分析,能找出差距,寻找对策,制订并实施行动方案

48. 当物业管理公司在内部要转发上级单位和不相隶属单位的公文、宣布实施某项制度、要求下级单位办理或通知事项、任免人员时,要使用(　　)文种。

A. "通报"　　　　　　　　　　　　B. "请示"

C. "通知"　　　　　　　　　　　　D. "会议纪要"

49. 下列选项中,既可以为物业管理公司回顾工作和查证历史留下重要依据,成为珍贵的档案材料,总结出一些带有规律性的东西,指导各项工作向前发展,还可以作为编写物业年鉴的历史资料是指(　　)。

A. "倡议书"　　　　　　　　　　　B. "大事记"

C. "计划"　　　　　　　　　　　　D. "总结"

50. 以下不属于海报结构的是(　　)。

A. 标题　　　　　　　　　　　　　B. 落款

C. 正文　　　　　　　　　　　　　D. 签署

二、多项选择题(共20题,每题2分。每题的备选项中,有2个或2个以上符合题意,至少有1个错项。错选,本题不得分;少选,所选的每个选项得0.5分)

51. 物业服务企业的组织形式中,事业部制是较为现代的一种组织形式,是管理产品种类复杂、产品差别很大的大型集团公司所采用的一种组织形式。这类集团公司按产品、地区或市场将公司分成几个相对独立的单位,即事业部。这种组织形式的主要特点包括(　　)。

A. 实行分权管理,将政策制定和行政管理分开

B. 每个事业部都是一个利润中心,实行独立核算和自负盈亏

C. 机构人员较多,成本较高

D. 横向协调困难,容易造成扯皮,降低工作效率

E. 要求领导者通晓各种专业知识,具备多方面的知识和技能

52. 物业服务企业组织机构设置的影响因素有(　　)因素。

A. 技术　　　　　　　　　　　　　B. 组织规模及所处阶段

C. 企业战略　　　　　　　　　　　D. 外部环境

E. 内部服务质量

53. 物业管理项目的承接方式有(　　)方式。

A. 合资合作　　　　　　　　　　　B. 顾问服务型管理

C. 单项服务项目合作　　　　　　　D. 分阶段项目管理

E. 全方位服务型管理

54. 确定招标物业项目的管理服务模式,是在对项目基本情况进行深入调查分析的前提下,结合招标文件的具体要求,确定最符合物业实际情况和业主需求的管理服务重点和主要措施,包括物业的（　　）定位。

A. 功能　　　　　　　　　　　　B. 模式

C. 客户　　　　　　　　　　　　D. 服务质量

E. 服务需求

55. 制订物业管理方案时应注意成本的控制,下列对成本控制的表述中,正确的有（　　）。

A. 成本费用控制要在充分调动全体职工控制成本费用的积极性的基础上进行

B. 成本费用控制应与提供优质的物业管理服务相结合,不能为控制而控制,即不能为降低耗费而不提供或少提供服务

C. 在成本控制方案中,应明确规定各部门和有关人员应承担的责任,赋予其相应的权限,并通过考核其责任履行情况,予以相应的奖罚,使成本费用控制的目标及相应的管理措施真正落到实处

D. 在成本全面控制的基础上,对一些重要的、不正常的、不符合常规的关键性成本费用差异(例外情况)应进行重点控制

E. 成本费用控制仅仅是对于部分费用支出的控制

56. 下列选项中,属于口头合同的有（　　）。

A. 当事人以对话的方式就合同的主要条款协商一致达成的协议

B. 当事人通过电话的方式就合同的主要条款协商一致达成的协议

C. 当事人通过第三人从中撮合的方式就合同的主要条款协商一致达成的协议

D. 当事人通过实施某种具体行为方式进行意思表示所达成的协议

E. 当事人通过第三人转达意思达成一致的意思表示

57. 有关合同签订时权利义务公平对等原则的表述中,正确的是（　　）。

A. 在经济活动中,合同的任何一方当事人既享有权利,也承担相应义务,权利义务相对等

B. 公平原则规范合同当事人之间的利益关系,目的是制约对合同自由原则的滥用

C. 公平指的是程序的公平和实质的公平

D. 合同的实质公平,是指双方当事人的权利、义务必须大体对等

E. 对于显失公平的合同,当事人一方有权要求法院或者仲裁机构予以撤销或变更

58. 签订物业服务合同应注意的事项包括（　　）。

A. 明确业主委员会的权利义务

B. 明确物业服务企业的权利和义务

C. 对违约责任的约定

D. 合同是否附生效条件

E. 明确违约责任的界定及争议的解决方式

59. 在正式开展新建物业承接查验工作之前,应根据实际情况做好资料准备工作,制订查验工作流程和记录表格。工作流程一般包括（　　）。

A. 工作联络登记表　　　　　　　　　　B. 物业承接查验记录表

C. 物业承接查验工作流程　　　　　　　D. 物业查验的内容及方法

E. 承接查验所发现问题的处理流程

60. 为了提高小区整体形象,有效加强与业主、物业使用人的沟通,通常由物业管理单位根据物业管理的特点及小区实际情况,组织举行入住仪式。参加人员有(　　　)。

A. 监理单位代表　　　　　　　　　　　B. 业主

C. 物业服务企业代表　　　　　　　　　D. 建设单位代表

E. 本级人民政府建设管理部门的主要负责人

61. 在进行小区园林设计时,必须首先考虑的因素有(　　　)。

A. 美观　　　　　　　　　　　　　　　B. 环保

C. 方便　　　　　　　　　　　　　　　D. 实用

E. 灵活

62. 动火安全管理中,对动火前的要求叙述正确的有(　　　)。

A. 现场安全负责人和动火作业员必须经常检查动火情况,发现不安全苗头时,要立即停止动火

B. 防火、灭火设施不落实,周围的易燃杂物未清除,附近难以移动的易燃结构未采取安全防范措施不能动火

C. 重点部位动火须由消防主管领导会同消防管理负责人会审,无异议才能动火

D. 在高空进行焊接或切割作业时,下面的可燃物品未清理或未采取安全防护措施的不能动火

E. 动火人员要严格执行安全操作规程

63. 物业管理日常运作过程中存在的风险包括(　　　)。

A. 公共媒体在宣传报道中的舆论风险

B. 物业违规装饰装修带来的风险

C. 管理项目外包存在的风险

D. 替公用事业费用代收代缴存在的风险

E. 物业管理员工服务存在的风险

64. 物业服务企业的财务管理包括(　　　)管理。

A. 利润　　　　　　　　　　　　　　　B. 成本和费用

C. 营业收入　　　　　　　　　　　　　D. 专项维修资金

E. 特殊资金

65. 物业服务企业的营业成本包括(　　　)等。

A. 直接材料费　　　　　　　　　　　　B. 管理费用

C. 直接人工费　　　　　　　　　　　　D. 间接费用

E. 间接人工费

66. 事件分类法的特点不包括(　　　)。

A. 能较突出地反映立档单位主要工作活动的面貌

B. 能较好地保持文件在内容方面的联系,使内容相同或相近的文件集中在一起

C. 便于按专业系统全面地查阅利用档案

D. 能保持全宗内文件在来源方面的联系,客观反映各组织机构工作活动的历史面貌,便于按一定专业查阅档案

E. 能够保持档案在形成时间方面的联系,可以反映出立档单位每年工作的特点和逐年发展的变化情况,便于按年度查阅和利用档案

67. 物业管理档案的验收材料不包括（　　　）。

A. 工程竣工验收证书

B. 隐蔽工程验收记录

C. 新材料及构配件鉴定合格证书

D. 竣工验收证明书

E. 消防工程验收合格证

68. 定性考核法主要包括（　　　）。

A. 群众考评　　　　　　　　　　　B. 组织谈话

C. 个人述职　　　　　　　　　　　D. 上级评定

E. 工作完成情况

69. 下列选项中,不属于物业管理投诉处理方法的是（　　　）。

A. 详细记录,确认投诉　　　　　　B. 真诚对待,热情服务

C. 耐心倾听,不与争辩　　　　　　D. 总结经验,加强管理

E. 及时处理,注重质量

70. 应用文书在词语的使用上应当力求（　　　）,才能较好地传递信息。

A. 简练　　　　　　　　　　　　　B. 得当

C. 准确　　　　　　　　　　　　　D. 通俗

E. 易懂

三、案例分析题(共 2 题,每题 5 分)

(一)

业主李先生来到某物业服务中心,想咨询有关物业服务费构成和支出方面的问题,接待员小赵告诉李先生:我不明白,等我们领导来了再说。此时,服务中心门外又来了一位先生,小赵对第二位先生说了句:"等等,我们现在正在接待业主"。

请分析后回答以下问题:

1. 在接待业主来访时,应注意哪些问题?

2. 本案例中有两位业主需要接待,作为物业服务中心的接待员应该如何处理为好?

(二)

物业公司张经理带领新来的物业服务员巡视楼宇,在进入大门时门卫向他们微笑敬礼,这时有一个人提着大箱子往门外走,门卫很有礼貌地帮助开门放行。巡视到 2 楼,这里正在装修,木工、瓦工和焊工都在一个房间紧张地忙碌着,为了防止发生火灾,焊工作业场地准备了两个泡沫灭火器。来到 3 楼,管理员问:"2 楼和 3 楼的灭火器的数量怎么不一样呀"? 经理说:"每层楼只要有灭火器就符合要求,不必都一致"。看到消火栓柜前摆放着整齐的花盆,管理员问:"消防柜前的物品摆放是否有规定"? 经理说:"没明确规定,但是消火栓柜门必须保证开关灵活,一旦发生火灾才能很快地拿出来使用"。管理员问:"3 楼的通道门用灭火器撑着是为什

么"？经理说："有几个房间正在装修,来回来去搬着东西开门费事,把门撑开后省得经常放下东西去开门,这也是个办法"。在楼道里,管理员看到一个人正在吸烟问道："在大厦的公共场所里是否可以吸烟"？经理说："我们不行,客人是我们的用户,只要注意安全,我们不便制止"。管理员说："经理您看,发小广告的都到3楼来了"。经理说："现在发小广告的太多了,轰走一拨又来一拨,真拿他们没办法"。走到3楼的尽头,经理说："我们还得从那边上4楼,你看他们为了装修,箱子都摆在通道上了"。来到4楼,管理员说："我闻到一股烧纸的味,是否应检查一下"。经理说："大厦安全非常重要,防火意识必须加强,下星期召开全体大会一定要好好强调这一点"。

请分析后回答以下问题:

指出并改正本案例中存在的不妥之处。

参考答案

一、单项选择题

1. B	2. C	3. B	4. A	5. A
6. B	7. C	8. B	9. D	10. B
11. A	12. A	13. B	14. C	15. B
16. D	17. A	18. B	19. C	20. D
21. B	22. A	23. B	24. C	25. C
26. A	27. B	28. C	29. D	30. D
31. B	32. D	33. B	34. A	35. C
36. B	37. C	38. D	39. A	40. C
41. D	42. B	43. D	44. D	45. C
46. C	47. B	48. C	49. B	50. D

二、多项选择题

51. AB	52. ABCD	53. ABE	54. ACE	55. ABCD
56. ABCE	57. ABDE	58. ABCE	59. CDE	60. BCD
61. CD	62. BCD	63. ACDE	64. ABCD	65. ACD
66. DE	67. BCD	68. ABCD	69. BD	70. ABC

三、案例分析题

(一)

1. 在接待业主来访时，工作人员首先要注意礼仪礼节，尤其是最基本的礼仪一定要按标准操作，这与平时的培训和不断的实践是分不开的。另外，第一时间接待业主也很关键，要让业主在到达服务中心的第一时间就受到关注，保持轻松愉快的心情，避免"节外生枝"，使问题复杂化。最后，当业主简单说明咨询内容后，接待人员应快速判断自己能否准确解答，如果存在困难，则应向其他工作人员请求支援或查阅相关文件资料，尽可能让业主得到满意的答复。

2. 在这种情况下，接待人员应立即判断两项工作中是否有一项可在非常短时间内完成，如果可以，则让另一位来访者稍等，先处理简单事务；如果发现两项事务都无法很快处理完，则应立刻请求其他工作人员的支援，协助接待工作，这样可提高工作效率，节约业主时间，同时避免使业主有受冷落的感觉，产生不满情绪。

(二)

(1)不妥之处:客人提大箱子出门门卫不检查。

正确做法:门卫应该让携带大件物品出门的客人应出示出门条。

(2)不妥之处:木工和焊工同场作业。

正确做法:木工和焊工不允许同场作业。

(3)不妥之处:焊工作业场地准备的灭火器类型。

正确:应准备干粉灭火器或二氧化碳灭火器,泡沫灭火器不适合扑灭带电物质的火灾。

(4)不妥之处:各楼层配备的灭火器数量。

正确做法:同样规模的楼层灭火器的配备应一致。

(5)不妥之处:消防柜前摆放花盆。

正确做法:消防柜前不允许放置任何物品。

(6)不妥之处:通道门用灭火器撑着。

正确做法:消防器材不得随便移动位置,通道也不应强行处于长时间开启状态。

(7)不妥之处:看到有人在楼内吸烟管理人员不管。

正确做法:发现有人在公共场所吸烟应制止。

(8)不妥之处:管理人员看到发小广告不制止。

正确做法:应严格制止闲杂人员、小商贩、推销人员进入管区。

(9)不妥之处:箱子都摆在通道上。

正确做法:任何物品存放都不应妨碍消防通道。

(10)不妥之处:闻到烧纸味不及时查找原因。

正确做法:发现火灾隐患应马上查明原因。